밀짚모자를 쓴 수수한 옷차림으로 농촌을 찾아가 촌노(村老)들과 반갑게
인사를 나누는 박 의장.

우리 민족의 나갈 길

우리 민족의 나갈 길

박정희 | 저　　남정욱 | 평설

기파랑

박정희 대통령 탄신 100주년을 맞아

박정희 대통령 전집을 출간하면서

올해는 박정희 대통령이 태어나신 지 백 년이 되는 해입니다. 박정희 대통령은 민족사 5천 년을 통해 거의 유일하게 사람들에게 영감을 준 리더였고 그 비전을 몸으로 실천한 겨레의 큰 공복(公僕)이었습니다. 그래서 노산 이은상 선생은 박정희 대통령을 세종대왕과 이순신 장군을 합친 민족사의 영웅이라 칭했을 것입니다. 그런 거인의 탄신 100주년이 온 나라의 축제가 되지 못하고 아직도 공(功)과 과(過)를 나누어 시비하고 있으니 참으로 안타까운 일이 아닐 수 없습니다. 그러나 오늘날의 대한민국이 박정희 대통령의 비전에 의하여 설계되었고 그분의 영도력으로 인류역사에 유례 없는 경제발전을 이루었다는 데 대하여는 모두가 동의하고 있다고 생각합니다. 이제 큰 것은 보지 못하고 작은 것으로 흠을 삼는 역사적 단견(短見)에서 벗어나길 간절히 바랍니다.

애국(愛國)과 애족(愛族)은 박정희 대통령의 혈맥을 타고 흐르는 신앙이었습니다. 그 신앙으로 박정희 대통령은 가난을 추방했고 국민들에게 우리도 할 수 있다는 자신감을 심어 주었습니다. 그 결과 우리 민족은 5천 년의 지리멸렬한 역사를 끊어 내고 조국 근대화와 굳건한 안보를 달성할 수 있었습니다. 민족 개조와 인간 정신 혁명, 그것이 바로 박정희 정신입니다. 그 정신을 이어 가는 것이 현재를 살고 있는 우리의 사명일 것입니다.

박정희 대통령 탄신 100주년을 맞아 그분의 저작들을 한데 모으는 작업은 역사에 대한 최소한의 예의입니다. 그것은 감사의 표현인 동시에 미래에 대한 결의이기도 합니다. 박정희 대통령은 생전에 네 권의 저서를 남기셨습니다. 『우리 민족의 나갈 길』, 『국가와 혁명과 나』, 『민족의 저력』, 『민족 중흥의 길』이 그것인데, 우리 민족의 역사와 가야 할 길에 대한 탁월한 예지가 돋보이는 책들입니다. 그 네 권의 출판 당시 초본들을 영인본으로 만들고 거기에 더해 박정희 대통령의 시와 일기를 모아 별도의 책으로 묶었습니다. 박정희 대통령은 다방면에 재능이 풍부한 분이셨습니다. 〈새마을 노래〉를 직접 작곡한 것은 많이 알려져 있지만 직접 그림도 그리고 시도 썼다는 사실은 의외로 아는 사람이 많지 않습니다. 문학가가 보기에는 아쉬운 점이 있을지 모르지만 박정희 대통령의 시에 담긴 애국과 애족의 열정은 그 형식을 뛰어넘는 혼이 담겨 있다고 할 수 있습니다. 특히 아내를 잃고 쓴 사부곡

(思婦曲)들은 우리에게 육영수 여사에 대한 기억과 함께 옷깃을 여미게 하는 절절함이 가득합니다.

또한 후손들이 박정희 대통령의 저작들을 쉽게 읽게 하자는 취지에서 네 권의 정치철학 저서를 일부 현대어로 다듬고 고쳐 네 권의 평설(評說)로 만들었습니다. 방향을 잃고 표류하는 대한민국에 큰 지표가 되리라 생각합니다. 부족한 부분에 대한 아쉬운 마음이 없지 않으나 그나마 처음 시도된 작업이라는 사실로 위안을 삼고자 합니다. 질책주시면 기꺼이 반영하여 더욱 완성도 높은 저작집으로 만들어 나가겠습니다. 늦게나마 박정희 대통령의 영전에 이 저작집을 바칠 수 있게 되어 기쁩니다.

박정희 대통령님! 대통령님을 우리 모두 기리오니 편안히 잠드소서.

박정희 탄생 100돌 기념사업 추진위원회

위원장 **정홍원**

다른 사람의 글을 풀어 쓴다는 것은 쉬운 일이 아니다. 더구나 그 글의 내용이 국가경영이라는 거대한 목표를 다루고 있는 데 비해 붓끝이 수신제가(修身齊家)에 겨우 미치는 필부가 그 일을 맡았다는 것은 과다하거나 아니면 어이없는 욕심일 수 있겠다. 그러나 누군가는 이 작업을 해야 하고 그렇게 55년이라는 세월을 넘어 새로운 독자들에게 그 사람의 원대한 꿈과 목표를 전달하는 데 조금이나마 도움이 될 수 있다면 더 바랄 것이 없다는 생각에 두려움을 무릅쓰고 이 작업을 결심하게 되었다.

2017년의 대한민국은 반세기 전 박정희 대통령이 꿈꾸었던 바로 그런 나라가 되었다. 그런 의미에서 이 책『우리 민족의 나갈 길』은 미래를 위한 청사진이자 일종의 예언서라 할 수 있겠다. 반면 박정희 대통령이 이 책에서 제기했던 민족사에 대한 반성과 민주주의를 위한 인간혁명의 필요성은 아직도 해결이 되지 않은 채 여전히 그 상태이니 이 점 참으로 딱하고 안타까운 일이다.

평설이라고 이름을 붙였지만 대체 어디서부터 어디까지 손을 대야 할지 난감한 작업이었다. 일단 입말을 글말로 바꾸었고 당시 유행이었던 피동체의 문장을 능동체로 다듬었다. 일부 반복되는 내용에 대해서는 덜어내기도 하였으나 가능하면 원문의 메시지를 훼손하지 않도록 조심을 다했다. 작은 제목은 다시 붙였다. 그것은 반세기 전의 지력과 현재의 지력 차이가 아니라 다만 당대의 시각을 지금의 시각으로 바꾼 것임을 밝힌다. 일부 내용은 현재의 역사인식과 다르지만 그대로 옮겼다. 가령 이승만의 농지개혁 같은 것이 그렇다. 농지개혁이 6·25전쟁 당시 농촌의 동요와 이탈을 막았고 당시 생성된 소농들이 하나의 경영주체로 나중에 대한민국 경제발전의 주요한 축을 담당했다는 것이 지금의 인식이지만 책에서는 다소 부정적인 시각으로 그리고 있다. 이는 혁명의 이유를 이전 정권에 물어야 하는 정치적인 필요성이거나 진행 중이던 농촌경제혁명의 앞부분만 볼 수 있었던 어쩔 수 없는 역사적 시력의 한계라고 생각한다. 물론 당시의 시각을 지금의 눈으로 보는 즐거움도 있으니 다 나쁜 것은 아니라고 본다.

　명랑하고 힘찬 사회. 총 277쪽(원저)에 이르는 『우리 민족의 나갈 길』을 관통하는 주제다. 명랑하고 힘찬 사회라. 야심찬 혁명가가 거사 이듬해 야심차게 펴낸 책의 주제치고는 가벼워 보일 수 있겠다. 그러나 한민족 5천 년의 역사는 단 한 번도 명랑해 보지 못했고 내내 박력이 부족했다. 해서 이 주제 자체가 어쩌면 더더욱 지극히 혁명적이다. 명랑하고 힘찬 사회 건설을 위한 '우리 민족의 나갈 길'을 함께 걷는 즐거운 독서 체험이 되시기를 기원한다. 참고로 '명랑하고 힘찬 사회'는 필자가 멋대로 지어 붙인 게 아니라 저서에 나와 있는 문구를 그대로 옮긴 것이다.

2017년 6월
남정욱

| 머리말

    유난히 밤이 길다. 잠이 오지 않는다. 몸은 무너질 듯 고달픈데 의식은 더욱 또렷하기만 하다. 생각이 그간 우리 겨레가 걸어온 길에 미치면 잠은 더 달아난다. 선대가 남긴 유산은 무겁기만 하고 우리의 앞길을 바위처럼 가로 막고 있다. 정말이지 어렵게 살아온 민족이다. 특히 8·15해방 이후 우리 겨레가 겪은 고비들은 하나같이 뼈아픈 것들이었다. 해방 이후 지난 19년의 역사는 두 정권의 부정과 부패로 우리의 일상을 '가난의 악순환'으로 밀어 넣었다. 그렇다면 우리 겨레에게 진정 갱생의 길은 없는 것일까. 비틀린 민족성을 바로잡고 건전한 복지민주국가를 세우는 길은 없는 것일까.

    거짓말과 몸에 밴 무사안일주의를 청산하여 부지런한 생활인으로 탈바꿈하고 그 인간혁명을 기반으로 사회개혁을 통해 굶주리는 사람이 없는 나라, 잘사는 나라를 만드는 길에 대해 곰곰이 생각해 본다. 혁명이라는 수술만으로 환자가 원기를 회복하는 것이 아니다. 병의 원인을 도려내는 것만으로 건강이 오는 것도 아니다. 병이 다시 오지 않도록 긴 안목으로 기초공사를 튼튼히 해야 한다. 반드시 길은 있을 것이다. 슬픔과 설움과 괴로움에 시달리던 이 겨레의 앞길에도 반드시 갱생의 길이 있을 것이다. 두드리면 열린다고 하지 않았던가.

그 길은 어디 있을까. 당장은 보이지 않아도 반드시 있을 것이다. 이 겨레가 걸어온 길과 앞으로 나아갈 길을 생각하며 잠 못 이루는 밤에 떠오르는 대로 몇 줄씩 메모해 둔 것을 정리하여 책으로 묶었다. 서술은 무디고 서투르나 내가 말하고자 하는 것은 단편적이나마 나타냈다고 생각한다. 우리 민족에게도 반드시 길이 있을 것이다. 환희 트인 크고 넓은 길이 있을 것이다.

1962년 2월

박정희

| 차례

| 차례

| 차례

01

|

인간 개조의 민족적 과제

1. 민족적 각성의 필요성

1) 안팎에서 다가오는 위기

지금 우리는 이제껏 한 번도 겪어 보지 못한 중대한 기로에 서 있다. 죽느냐 사느냐, 일어서느냐 쓰러지느냐가 갈리는 절대절명의 순간이다. 흔히 위기는 기회라고 한다. 맞는 말이다. 그러나 절반만 사실이다. 그 말에는 절박함이 들어 있지 않다. 사생결단, 목숨 걸고 그 상황을 벗어나려는 사람에게 기회 운운은 사치다. 기회는 한숨 돌리고 사태를 바라볼 때나 쓰는 말이다. 발등에는 이미 불이 떨어졌다. 주변 환경은 죄다 나쁘다. 해결의 실마리는 희박하고 수습은 난처하며 사태는 서글프게 돌아간다. 도망칠 수도 없다. 방관은 더더욱 있을 수 없는 일이다. 도망과 방관은 무능력과 비겁함의 다른 말이다. 그리고 그것은 우리를 순식간에 죽음으로 몰아넣을 것이다. 우리는 선택해야 한다. 떡 하니 아가리를 벌리고 있는 저 죽음의 구렁텅이로 넋 놓고 걸어 들어갈 것인가 아니면 용감하게 맞서 싸워 살 길을 찾을 것인가. 길은 오로지 그 둘뿐이다. 불행히도 시간은 우리 편이 아니다.

우리가 처한 현실은 최악이다. 뭐 하나 순탄한 게 없다. 주변 환경은 행복과 번영보다 불행이나 빈곤으로 우리를 가라 한다. 안으로는 잘못된 정치에 국민들의 반성 없는 어리석음이 겹쳐 겨레의 불행을 만들어 냈다. 밖으로는 공산주의자들의 끊임없는 침략 위협이 불안을 가속화시키는 중이다. 8·15해방은 민족의 경사이자 벅찬 감격이었다. 그러나 잠시였다. 뜨거운 감격은 공산 제국주의자들의 한반도 북부 침탈과 결코 잊을 수 없는 6·25 남침으로 하루아침에 사라져 버렸다. 분하다. 눈물이 난다. 말 그대로 안타까운 꿈처럼 허무하고 쓰라린 배신이었다. 그렇게 목메어 기다리던 해방이 왔건만 통일 독립과 이 땅에 민주주의를 세우는 과업으로 이어지지 못하고 잠시의 흥분과 감동으로 사라져 버릴 줄 그 누가 알았겠는가. 그걸로 끝난 게 아니다. 나라와 겨레가 반으로 쪼개진 이 쓰라리고 원통한 상황이 앞으로 다시 하나가 될 때까지 또 얼마나 많은 피를 요구할지 아무도 모른다. 그 누가 또다시 이 땅에 6·25와 같은 비극이 없을 거라 장담할 수 있겠는가. 어느 누가 공산주의자들이 남한을 다시 침략할 야욕과 계책을 버렸다고 장담할 수 있겠는가. 그들은 지금 이 시간에도 대대적으로 간첩을 남파하고 밤낮을 가리지 않는 악착스럽고 터무니없는 중상모략으로 선전, 선동을 이어 가고 있다. 어떻게 하면 남한 땅을 혼란에 빠뜨려 겨레를 갈기갈기 찢어 삼킬 수 있을까 끔찍한 계획을 짜내는 데 눈이 시뻘개져 있는 것이다. 그들만의 문제가 아니다. 북한 공산주의자들의 주인인 소련과 중공이 전 세계를 붉게 물들이려는 욕망을 버리지 않는 한 우리는 6·25와 같은 몸서리쳐지는 비극에서 결코 자유로울 수 없다.

공산주의자들은 입만 열면 나라와 겨레에 대한 사랑을 떠들어 댄다. 무슨 순교자라도 되는 것처럼 숭고한 표정을 짓고 있지만 그들은 양가죽을 뒤집어쓴 이리떼에 지나지 않는다. 그들은 말의 교묘함을 안다. 그들이 입에 달고 사는 통일, 특히 어느 쪽에도 치우치지 않는 중립통일이 특히 그렇다. 중립통일이란 결국 공산화로 가는 과정임을 알고 있기에 중립통일을 입만 열면 떠들어 대는 것이다. 그들은 결코 진정한 통일을 원하지 않는다. 속으로는 피비린내 나는 전쟁을 준비하면서도 겉으로는 평화를 내세우는 것이 바로 공산주의자들의 정체다. 공산주의자들이 겉과 속이 다르다는 사실을 절대 잊어서는 안 된다. 오늘날 우리 겨레의 가장 큰 위험은 이러한 공산주의자들의 도전이요 이를 위해 쉬지 않고 펴

부어 대는 간악한 선전과 선동이다. 그러나 우리가 직면하고 있는 이 어려운 상황이 오로지 공산주의자들의 위협에만 있는 것은 아니다. 나라 안으로도 위기는 심각하다. 대한민국이 수립된 지 벌써 열네 해가 지났지만 아직도 나라의 기틀은 튼튼하지 못하다. 정당은 이권을 추구하는 패거리로 전락한 지 오래다. 이들이 성실하게 나라살림을 한다는 것은 죄다 거짓말이었다. 그저 서로의 수지타산을 맞추는 흥정이 오고갔을 뿐이다. 그들은 뻔뻔하게도 그것을 정치라고 불렀다. 그사이 재건을 위한 전 세계 우방들의 도움은 허무하게 사라졌다. 실업자는 늘어났고 공산주의를 막는다는 '반공'이란 명목 하에 백성들을 더 못살게 굴었다. 부정선거로 나랏법은 엉망이 되었다. 그사이 4·19혁명의 기운을 타고 공산주의에 동조하는 중립사상이 고개를 쳐들었다. 정치인들과 일부 학생들은 북한의 주장에 덩달아 춤을 췄고 혼란과 어지러움으로 나라가 엉망이 되었다. 자유당 10년과 민주당 1년은 말 그대로 악몽이었다. 등골에 식은땀이 나는 무서운 악몽이었다. 죽음 앞에 선 겨레의 앞날을 조금이라도 걱정하는 사람이라면 더 이상 보고 있을 수 없는 암울한 상황에서 5·16혁명은 그렇게 죽음 앞에 놓였던 겨레를 건져 내는 역사적 거사였다.

2) 민족애의 결핍

우리가 이토록 절박한 위기에 몰릴 수밖에 없었던 이유는 대체 무엇일까. 물론 나라 밖으로는 공산주의자들이요 안으로는 한심한 정치인들이었지만 그들에게만 모든 책임을 돌릴 수는 없다. 우리 스스로의 반성이 없다면 그것은 다 핑계에 불과하다. 공산주의를 막아 내고 부패한 정치인들을 처벌해 혁명이 완수된다면 그보다 다행스런 일이 없겠다. 그러나 말했다시피 그보다 더 중요한 것은 우리 겨레의 반성이다. 공산주의의 도전에서 우리 겨레를 지키고 당당한 주권자로 우뚝 서 또다시 썩어 빠진 세상을 되풀이하지 않게 하기 위해서는 겨레의 막중한 깨달음이 요구되는 것이다. 해서 혁명은 곧 겨레의 깨달음에서 출발해야 한다. 지난 10여 년 동안 우리의 삶이 고달팠던 것은 마음속에 겨레 사랑의 마음이 부족했기 때문이다. 살아도 같이 살고 죽어도 같이 죽는다는 운명공동체로서의 의식이 없어도 너무 없었기 때문이다. 그러다 보니 겨레의 이익을 따지는 대신 자신의 욕심과 패거리의 수지타산에만 골몰해 왔다. 겨레는 항상 그렇게 뒤로 밀렸고 버림받았다.

모든 정치적 싸움이 자신들의 이익을 도모하기 위한 적이 아니었던 것을 우리는 이제껏 보지 못했다. 서로 간에 비방하고 헐뜯는 일이 그들의 이익과 욕심을 도모하려는 의도가 아니었던 것을 우리는 한 번도 듣지 못했다. 패싸움과 자기 욕심에는 그렇게 발

벗고 나서면서도 겨레가 다 함께 누릴 수 있는 일에 대해서는 어찌 그리도 냉담한지 알다가도 모를 일이다. 권력을 가진 자에게는 아부와 아양도 부족해 엄청난 돈을 들여 동상까지 세웠다. 그러나 정작 나라의 광복을 위해 스러져 간 애국 열사에 대해서는 그 이름조차 기억하지 못하니 분노가 치밀어 오른다. 가슴에 손을 얹고 지난날을 반성해야 한다. 우리가 한 핏줄로 얽힌 겨레임을 깨닫고 진심으로 겨레를 사랑하는 마음을 가질 때 비로소 겨레의 혁명, 온 국민의 혁명을 이룩할 수 있을 것이다.

3) 뼈에 박힌 특권의식

겨레의 번영과 단결을 가로막는 것은 자기만 잘났다고 여기는 홀로 잘난 척과 뒤틀린 특권의식이다. 나는 너보다 돈이 많으니까, 나는 너보다 좋은 학교를 나왔으니까 따위를 이유로 스스로를 다른 사람과 달리 여긴다. 아버지나 형이 정부의 고위인사를 지냈다고 뻐기는 것은 기본이다. 자기 조상이 조선시대에 높은 벼슬을 했다는 자랑에 이르면 정말이지 어이가 없다. 세도와 지위에 유별나게 집착하는 왜곡된 심리는 겨레의 고질병이라 해도 과언이 아니다. 이런 인간들이 모여 집단이 되면 문제가 더 심각해진다. 수많은 종친회, 문중회, 향우회, 도민회, 군민회 같은 것들이 결국 다 그런 것들이다. 지성인들의 모임인 대학의 파당 싸움을 보라.

대학의 학회가 학문의 연구는커녕 교수들 파당 싸움의 장으로 전락하여 사람들의 손가락질을 받았던 사실을 우리는 기억한다. 종교적 파벌은 또 어떤가. 교회와 교회가 맞서 싸우고 교파와 교파가 반목하는 가운데 가장 손가락질을 많이 받은 게 소위 부처님을 섬긴다는 불교인들의 분쟁이었다. 그 분쟁이 교리 해석의 차이라든가 신앙의 문제라면 상관없다. 그러나 그게 결국 자리를 놓고 벌이는 싸움이었고 이권 때문이었다는 사실에 세상의 실망은 더 컸다. 참되고 올바른 생각의 둥지가 되어야 할 종교계가 이 지경으로 썩다 보니 사회악은 더욱 더 풍성하게 자라났고 그 틈을 타 사이비 종교들까지 기승을 부렸다. 이 모든 것이 특권의식과 저만 잘났다는 거만함의 산물인 것을 우리는 깊이 깨달아야 한다.

4) 파당의식이 가져온 분열

특권의식과 패거리 정신은 자유민주주의의 발전을 가로막는 가장 악질적인 요소다. 이런 생각부터 고쳐먹지 않으면 아무리 정당을 만들고 의회 제도를 운영해 봤자 결국 지난날의 되풀이에 지나지 않을 것이다. 새로 정당을 만든다 치자. 그 정당들은 머지않아 금세 신파와 구파로 쪼개질 것이다. 혹은 늙은이 당과 젊은이 당으로 갈릴 것이다. 또는 영남파, 호서파, 이북파 등으로 나뉠 것이다. 결국 정당의 사명을 잊은 채 정파의 수지타산을 따지는 사사로운 모임으로 전락해 버리고 말 것이라는 이야기다. 영국이나 미국의 예를 들 것도 없이 오늘날의 자유민주주의는 정당 제도를 기반으로 발전해 왔다. 인간을 보다 평등하고 잘살 수 있게 해 주는 자유민주주의와 의회 제도를 택하지 않을 수 없는 이상 올바르고 튼튼한 정당을 건설하는 것은 필수다. 지난날의 자유당이나 민주당이 그랬던 것처럼 정당이 오히려 겨레를 못살게 굴지 못하도록 하기 위해서는 무엇보다 파당이라든가 파벌에 대한 생각부터 버려야 한다. 해방 직후를 보라. 이 땅에는 수십 개나 되는 정당이 비온 후의 죽순처럼 어지럽게 돋아났다. 그러나 그 정당들은 겨레를 이리 찢고 저리 찢어 패거리 의식만 키워 놓았을 뿐이다. 자유당은 자기네 이익의 추구를 제일로 치는 정당의 본보기였다. 그렇다면 4·19혁명으로 정권을 잡은 민주당은 달랐던가. 그 역시 파당 싸움 끝에 신파와 구파로 갈라져 국민의 빈축을 샀고 무능과 부패로 과연 이 나라에 정부가 있기는 한 것인가 할 정도로 혼란만 증폭시켰다. 이 모든 것이 결국 패거리 정신을 버리지 못한 데서 나온 것이었다는 사실을 다시 한 번 명심해야 한다.

5) 결국 문제는 개인이다
– 참된 자기를 어떻게 세울 것인가

아무리 제도를 뜯어고치고 틀을 바꿔 봐야 그 제도를 구성하는 개인이 예전 그대로라면 달라질 게 없다. 우리가 새사람이 되자고 부르짖고 겨레 사랑을 누누이 강조하는 이유도 그 때문이다. 물론 하루아침에 겨레 사랑의 기특한 마음이 생겨나지는 않을 것이다. 집단 이기주의에 몰두하는 파당주의가 별안간 없어지지도 않을 것이다. 그것은 오랜 세월을 두고 우리 안에 자라난 '역사의 산물'이기 때문이다. 그 역사는 사대주의 사상과 양반, 상놈을 가르는 투철한 계급의식 그리고 네 조각 다섯 조각으로 나뉘어 싸우던 사색당쟁을 말한다. 그것은 조선 왕조 오백 년이 남긴 한심한 유산이었다. 그런 당파싸움 끝에 나라가 망하고 왜놈들을 주인으로 섬겨야 했던 역사를 까맣게 잊은 채 또다시 당파싸움에 몰두한다면 서글픈 게 아니라 한심한 일이다. 무서운 것은 머릿속 깊이 박혀 있는 이 낡고 견고한 의식이다. 그래서 새로운 인간이 되자는 운동은 그런 생각들을 깨끗하게 쓸어 내고 새로운 마음을 갖자는 것이다. 그리고 더 나아가 자유민주주의에 걸맞은 자질을 갖추자는 것이다. 이것을 나는 '참된 자기를 세우는 일'이라는 말로 표현한다. 참된 자기를 세움이 없이는 평등도 자유도 없다. 자기에게 평등과 자유가 없으니 당연히 다른 사람의 평등과 자유를 알고 존중하는 것도 불가능하다. 참된 자기가 없으면 평생을 남의 종노릇으로 보내게 된다. 참된 자기가 무엇이고 어떻게 그것을 세울 수 있는지 알고 행한 다음에야 자기가 이 겨레를 구성하는 한 사람이라는 깨달음이 있을 것이다.

그러면 참된 자기를 세운다는 말은 대체 무엇일까. 그것은 자기를 안다는 뜻이다. 자기를 안 다음에야 비로소 남을 알게 되고 나아가 겨레를 알게 되는 것이다. 그렇게 될 때 자기를 믿고 의지하게 되고 나아가 겨레를 믿고 의지하게 된다. 그리고 남을 알고 남을 믿는 데서 서로 돕는 협력이 가능해진다. 다음으로 참다운 자기를 세운다는 말은 스스로 독려하여 스스로 해 나간다는 뜻이다. 스스로 채찍질하고 자발적으로 해 나가지 못할 때 돌아오는 것은 남의 채찍과 다스림이다. 남에게 기대고 큰 것에 무조건 굴종하는 것은 그의 마음속에 스스로에 대한 채찍질과 스스로 잘해 나가겠다는 정신이 없다는 증거다. 지난날 우리가 선거를 치를 때 표를 사고팔고 한 것도 그 근본을 보면 참된 자기를 세우지 못한 데서 온 결과였다. 자기 자신에 대한 확고한 신념이 있는 사람이라면 속임수나 충동에도 흔들리지 않고 부정과 불법을 저지르지 않는다. 그래서 오늘 우리 겨레에게 가장 절실히 요구되는 것은 무엇보다도 먼저 '참된 자기를 세우는 일'이다. 이것만이 지난날의 썩고 낡은 것들을 뿌리째 뽑아내 깨끗이 고칠 수 있는 근본이라 해도 과언이 아니다.

2. 민족사회의 재건

1) 개인의 이익과 겨레의 이익 사이의 조화

지금 우리 사회에는 옳고 그름에 대한 명확한 기준이 없다. 어느 것이 건전하고 어떤 것이 병들었는지 진단할 수 있는 청진기도 없다. 이렇게 객관적인 기준이 없다 보니 자신들의 수지타산에 맞으면 무엇이든 옳다고 여기는 반면 자신들의 생각과 다르면 옳지 못한 것으로 여기는 게 우리 사회의 형편이다. 이러한 병리 현상은 나라를 다스리고 살림을 하는 일에 국한되지 않는다. 우리가 살아가면서 평상시 지켜야 할 예의범절 등 모든 방면에 한결같은 상황이다. 매사를 자기를 기준으로 삼고 자기 패거리 중심으로 생각하니 의견이 충돌하고 이해가 갈리는 것은 너무나 당연한 일이다. 그래서 개인과 개인이 화목하지 못하고 불화가 일상이다. 단체와 단체는 서로 미워하고 시기한 끝에 없는 이야기까지 지어내 상대방을 헐뜯고 기어이 욕설과 주먹이 오간다. 자기가 하는 일은 모두 옳고 남이 하는 일은 모두 그르다는 생각, 자기 하는 일은 다 적법하고 나라와 겨레에 이익이지만 남이 하는 일은 죄다 법에 어긋날 뿐 아니라 나라와 겨레의 이익과 완벽하게 무관하다는 생각, 그리고 자신의 학문은 높이 평가받아야 하지만 남의 학문은 한 푼의 값어치도 없는 것이라는 생각 등, 이 모든 것이 자기와 자기 패거리만 제일로 아는 발상에서 나온 것이다. 말할 것도 없이 이런 것들이 우리 사회의 질서를 어지럽히는 원인이다.

이런 생각이 정당 속에 자리 잡게 되면 이들은 자기들의 나라 살림 계획만이 나라와 백성의 이익이요 다른 당의 계획은 나라를 위함도 아니요 겨레를 위함이 더더욱 아니라는 주장을 하게 된다. 이런 태도가 극에 달하면 "나는 그런 행동을 해도 좋지만 너는 그렇게 할 수 없다"든지 "나에게는 그럴 자유가 있지만 너에게는 그럴 자유가 없다"는 식의 주장까지 나오게 될 것이다. 이렇게 남이야 죽든 말든, 나라와 겨레가 망하든 말든 나 자신만 잘살고 내 가족만 사치하고 내 당파만 유리하면 그만이라는 생각이 보편화된 끝에 이제는 아예 그것이 당연한 것같이 돼 버렸다. 그 결과 사돈의 팔촌이면 능력이 없어도 끌어다 취직을 시켰다. 썩어 빠진 정신의 공무원과 부당하게 재물을 모으는 자들이 당연한 것처럼 행세해 왔다. 그렇게 법보다 주먹이 센 놈이 이기는 세상, '빽' 있고 돈 있는 사람에게는 천국이지만 돈 없고 빽 없는 사람은 살기 힘든 사회가 되었다. 그러나 언제까지나 이런 세상을 내버려 둘 수는 없다. 뒤집어 엎어 무엇이 옳고 그른가를 똑똑하게 가려낼 수 있는 그런 세상을 만들어야 하는 것이다.

그래서 필요한 것이 지난날의 불법을 일시에 도려내는 과감한 수술이다. 생각과 판단과 행동의 기준을 세워 서로 믿고 살 수 있는 튼튼하고 온전한 사회를 만들어야 한다. 공무원은 참다운 일꾼의 자세로 돌아가고 사업 하는 사람들은 바른 마음으로 상품을 만들고 모든 흥정에 있어서 서로 믿을 수 있도록 신용을 회복해야 한다. 사람은 누구나 자신의 인생을 자유롭게 살아갈 권리가 있다. 그러나 그것이 남의 살아갈 권리까지 침해할 수 있다는 말은 아니다. 자기도 살고 남도 살고 개인의 이익과 겨레 전체의 이익이 같아지는 데서 생각하고 움직이지 않으면 안 된다. 전체의 이익과 한 사람 한 사람의 이익이 하나가 되는 데서 우리 사회의 참되고 바른 뜻은 이루어질 수 있으며 또한 마땅히 그렇게 되어야 한다. 그러나 개인의 이익과 전체의 이익은 반드시 같을 수 없고 오히려 서로 다르고 상충되기 쉬운 것이 보통이다. 그러나 그럴 때일수록 보다 큰 겨레의 이익을 위해 개인의 희생과 적절한 자제로 둘이 하나로 될 수 있는 지점을 찾아내지 않으면 안 된다. 그것이 '바르고 옳은 지식'이고 '겨레 된 참 마음'이다. 이렇게 서로 다르고 충돌하는 것을 잘 조절해야만 어느 한편에 치우치지 않는 참되고 올바른 세상을 되찾을 수 있을 것이다. 우리 겨레 전체가 잘 살고 번창할 수 있는 길은 겨레 한 사람 한 사람이 바르고 옳은 지식에 눈뜨고 겨레 된 참된 마음을 되찾을 때 비로소 가능해진다는 것을 분명히 깨달아야 한다는 얘기다.

2) 경제적 평등과 실속 있는 평등권의 보장

'사람 위에 사람 없고 사람 밑에 사람 없다'는 말이 있다. 그러나 아직도 우리 사회에는 차별과 불평등이라는 봉건적 요소가 수두룩하다. 우리 겨레에게는 다른 사람을 낮춰보고 천하게 여기는 경향이 있다. 언덕은 내려다봐도 사람은 내려다보지 말라고 했다. 사람이 사람을 업신여기고 동포가 동포를 무시하는 것은 민주주의 사회에서는 있을 수 없는 일이다. 상대방의 직업이나 부유와 빈곤을 따져 차별하고 무시하고 천하게 여긴다면 겨레를 분열시키고 싸우게 만드는 원인이 될 것이다. 정신적, 도덕적인 면에서 이런 점이 나타난다는 것은 아직도 우리 겨레가 민주주의 정신의 세례를 받지 못한 증거다. 정신적으로나 도덕적으로 사람은 한결같이 평등해야 그것이 곧 민주주의의 근본 바탕이 되는 것이다.

우리가 특히 그 실현을 위해서 힘써야 하는 것이 실속 있는 평등권의 보장이다. 오늘날 우리는 헌법에 의해 정치에 참여할 수 있는 권리가 평등하게 보장받는다. 선거권과 피선거권, 그리고 공무원이 될 수 있는 권리가 곧 그것이다. 그런데 실제로 완전하게 그 평등이 보장되어 있는 것은 남을 뽑는 선거권 하나뿐이다. 이마저도 자유당이 집권할 때에는 관리들의 농단과 돈의 힘에 눌려 사실상 그 권리를 빼앗겼던 적이 한두 번이 아니었다. 한 가지 분명한 것은, 투표의 평등한 권리는 투표권을 가진 사람들이 스스로 깨닫기만 한다면 어느 정도 보장될 수 있다는 사실이다. 그러나 피선거권과 나랏일을 맡을 수 있는 권리의 확보는 쉽사리 해결될 수 있는 성질의 것이 아니다. 물론 이러한 권리도 법적으로는 평등이 잘 보장되어 있다. 그러나 실제 그러한 권리를 행사하려고 할 때, 다시 말해 후보로 나설 때에는 개인의 생각이나 능력보다 얼마나 경제적 능력이 있느냐 없느냐에 따라 가능성이 좌우되었다. 이같이 선출될 수 있는 권리와 나랏일을 맡을 수 있는 권리를 돈과 관(官)의 압력과 간섭으로 제대로 행사하지 못했던 것이 지난날 우리의 실정이었다. 앞으로는 이와 같은 평등권을 침해하는 온갖 나쁜 요소들은 깨끗이 청산함으로써 글자 그대로 우리가 누릴 수 있는 실속 있는 평등권을 튼튼히 만들어 놓아야 하겠다.

경제적 능력에 따른 평등권 제한은 법적 구제(救濟)의 요청, 그러니까 소송사건에서 특히 두드러진다. 권리를 찾으려 해도 법적 수속이 너무 복잡하고 거기 들어가는 만만찮은 비용 때문에 '법 앞에 만인은 평등하다'는 말은 수시로 무색했다. 그러다 보니 마치 '법 앞에 만인은 평등하지만, 돈이 많고 적음에 따라 종종 평등하지 않을 수도 있다'는 식의 뒤틀린 세상이 되었다. 평등을 능력에 따라 누려야 한다면, 형편에 따라 평등이 달라진다면 그것은 이미 평등이 아니다. 그러나 다 같이 평등하게 잘살 수 있어야 한다는 말이 모든 재산을 나라의 것으로 만든다든가 고르게 나누어 가져야 한다는 뜻은 결코 아니다. 그런 세상은 전체주의 세상이고 공산주의 세상이다. 다 같이 평등해야 한다는 말은 모든 사람이 최소한의 생활을 할 수 있는 보장이 평등해야 한다는 뜻이다. 누구에게나 취직할 수 있는 기회가 고르게 주어져야 하며 각 개인의 수입을 최저선까지 고르게 끌어올려 백성들로 하여금 최소한의 살림을 유지할 수 있도록 해야 한다는 말이다. 이것이 현실에서 구현되지 못한다면 우리가 바라는 자유민주주의는 또다시 어려운 고비를 맞을 수밖에 없을 것이다. 우리가 세운 새로운 공화국에서는 직업을 구할 수 있는 기회와 권리가 고르게 보장되고 먹고사는 생활의 평등이 보장되어야만 한다는 얘기다.

가난과 보잘것없는 소득이야말로 자유민주주의에 대한 가장 심각한 위협이다. 공산주의가 노리는 것도 바로 이 부분이다. 자유민주주의가 빈곤이라는 내부의 적을 박멸하지 못한다면 공산주의자들에게 승리한다는 것은 불가능하다. 정부가 경제정책에 특별히 신경을 쓰고 총력을 기울이는 이유도 바로 그 때문이다. 그러기 위해서는 방임주의가 아니라 모든 것을 짜임새 있게 계획적으로 바꾸어 나라 살림을 꾸려 나가지 않으면 안 된다. 원대한 경제개발 5개년계획을 세워 그 임무를 적극 추진하는 이유도 직업 없는 사람을 구제하고 이 땅에서 가난을 몰아내어 다 같이 고르게 잘살 수 있는 사회를 이룩하자는 데 있다. 경제혁명은 우리 겨레에게 있어서 정치혁명, 인간혁명과 더불어 완수해야 하는 중요한 일이다. 겨레가 다같이 고르게 잘살 수 있을 때 자연히 다른 모든 권리도 고르게 누릴 수 있을 것이다.

3) 가난의 실제 모습
- 남이 못살면 나의 재산도 위험하다

우리 사회에는 헐벗고 가난한 사람들이 너무나 많다. 옷이 없는 사람, 집이 없어서 거리를 헤매는 사람, 먹을 것이 없어서 굶주리는 사람 등 국민 대부분이 빈곤에 빠져 있다. 그런데도 일부 나만 잘살면 된다고 생각하는 종자들이 있으니 참으로 한심한 일이다. 남이 잘살고 남이 부유할 때 내 생활과 내 재산도 보장된다는 것은 상식이다. 남이 못살고 헐벗으면 자신의 생활과 재산도 동시에 위협받는다. 그래서 오늘날 우리 각 개인의 살림살이는 개인의 문제가 아니라 한 사회와 나아가서는 겨레 전체의 문제라는 사실을 잊어서는 안 된다. 주변이 헐벗었는데 자신만 호화롭기를 주저하지 않는다면 겨레에 대한 배신이다. 우리 국민 한 사람 한 사람이 이 국가를 구성하는 구성원이며 국민 한 사람 한 사람 역시 이 사회와 운명을 같이하지 않을 수 없기 때문이다. 물론 개개인의 살림살이는 어디까지나 자유이며 벌고 쓰는 것도 자유다. 그러나 겨레가 다 같이 잘살아야 한다는 동포애를 잊어서는 안 된다. 운명 공동체에 대한 이해와 겨레가 다 같이 잘살아야 한다는 동포애는 지금 우리 정부가 내세운 경제계획을 적극적으로 지지하고 협력하는 데서 발휘되어야 할 것이다.

이제 도대체 우리는 얼마나 가난하며 왜 정부가 경제부흥에 총력을 기울이지 않으면 안 되는지, 그 가난의 실상을 통계로 살펴보자. 지난 1960년에 나온 「대한민국의 경제개혁 방안에 관한 대미(對美) 각서」에 의하면 우리나라의 총 노동력은 900만 4천 명이며, 이 중 완전실업자를 130만 명으로 잡고 있다. 그러나 우리 정부가 경제개발 5개년계획을 위해서 다시 조사한 바에 의하면 그 조사 연도인 1960년 말의 우리나라 실업자 수는 250만 명 정도였다. 그러니까 5·16혁명 이후 국토건설사업을 비롯한 건설사업 등으로 실업자가 많이 줄긴 했지만, 아직도 우리나라에는 100만 명 가까운 실업자가 있다는 사실이다. 실업자 수가 많다 보니 국민들의 평균소득도 형편없는 수치인 것은 너무도 당연한 일이다. 「네이산(Nathan)보고」에서 조사한 바에 의하면 1949년 4월에서 1950년 3월까지 1년 동안의 국민 평균소득은 불과 70달러였다. 이 형편없는 소득조차도 67달러만 국민들이 실제로 벌어들인 소득이고 나머지 3달러는 외국의 원조에서 얻어진 소득이었다. 국민소득이 100달러 미만이라면 세계에서 가장 낮은 소득이라고 생각하면 된다. 전체 국민의 7할을 차지하고 있는 농민들의 가난은 특히 심각하다.

『농업연감』에 의하면 농민 한 가호(家戶)당 1년 동안의 소득은 구화(舊貨)로 41만 8,700환인데 실제로 농민들의 한 가호당 일 년 동안 쓰는 경비는 그보다 많은 45만 3,500환이다. 해마다 농민들은 한 가호당 3만 4,800환의 빚을 지는 셈이다. 이런 농촌의 가난이 농민들로 하여금 농촌을 버리게 했고 농촌의 살인적인 고리채(높은 이자)를 낳았다. 가난과 헐벗음은 도둑질과 살인 등 각종 사회범죄로 이어졌다. 가난이 공산주의가 침투해 들어올 수 있는 허점이며 자유민주주의 그 자체를 위협하는 적이라는 사실을 명심해야 한다. 근대민주주의가 경제정책에 각별히 힘을 쏟고 개인의 살림살이를 보장한 이유와 목적도 이같이 공산주의의 위협에서 나라를 구해 내자는 데 있었던 것이다.

한동안은 정부의 방임 정책이 경제적 번영을 가져올 것이라 생각했다. 그러나 이제는 그것이 오히려 세상을 가난한 자와 부유한 자로 나누고 실업자를 늘리는 원인이 된다는 것을 알게 되었다. 결국 정부는 방임과 계획을 병행하는 동시에 개인의 살림살이를 보장하기 위해 발 벗고 나설 수밖에 없었다. 정부가 경제개발 5개년계획을 세워 총력전을 벌이고 있는 것도 모두가 경제재건과 산업혁명으로 실업자를 구제하고 국민의 소득을 높여서 개인의 최저 살림살이를 보장하는 데 그 목적이 있다. 우리가 추구하는 행복의 목표는 한 사람 한 사람의 살림살이를 적극 보살펴 주는 데 있다. 이런 계획의 꾸준한 실행과 함께 실업자를 위한 수당 제도라든지 각종 보험, 구직활동을 돕는 일 그리고 노동시장의 적절한 통제와 운영으로 온 겨레가 다 같이 잘살 수 있는 사회를 만들어야 할 것이다.

4) 권리와 방종을 구분하여 올바른 자유권을 추구하자

우리가 만들어야 할 세상은 모든 개인이 겨레의 진정한 구성원으로서 살아갈 권리, 자유롭게 생각하고 말할 수 있는 권리, 차별 없이 정치에 참여할 권리 등 모든 권리를 마음껏 누릴 수 있는 세상이다. 우리는 국가에 대해 나와 내 가족이 잘살 수 있는 권리와 제도와 시설을 주장할 수 있어야 한다. 그리고 이러한 요구가 법의 보장 아래서 요구하는 국민들 한 사람 한 사람에게 실질적인 이익으로 돌아가야 한다. 그러나 권리의 요구가 무한정하고 무조건인 것은 아니다. 자기는 빈둥빈둥 허송세월만 하면서 국가의 보호만을 요구한다면 그 얼마나 염치없는 짓인가. 아무리 생존과 행복을 요구할 권리를 하늘로부터 받는 것이라 하더라도 자기는 아무것도 하지 않으면서 그 권리만 주장한다면 그것은 권리의 오용이고 남용이다. 권리의 주장에 앞서 자기 의무의 충실한 이행이 있어야 한다는 점을 잊어서는 안 된다.

나에게 생각하고 말할 수 있는 권리가 있는 것처럼 당연히 남에게도 그러한 자유와 권리가 있다. 내가 남의 이야기를 비판하고 토론할 수 있는 자유와 권리가 있는 것처럼 마땅히 남에게도 내 이야기를 비판하고 토론할 수 있는 권리가 주어져야 한다는 얘기다. 자유로운 생각과 비판의 자유는 오늘날 자유민주주의의 핵심 요소다. 어떠한 경우에도 이러한 권리는 법으로 철저히 보장되어야 하며 그것이 실제적인 효력을 가져오도록 해야 한다. 그러나 아무리 말하고 생각하는 것이 자유라 하더라도 이 역시 제한이 없는 것은 아니다. 양식의 기준에서 벗어나거나 겨레 전체의 이익을 해치는 의사표시는 그것이 사회의 발전보다 오히려 불행을 가져오며 나아가서는 겨레 전체를 위험한 고비로 몰아넣을 것이다. 그리고 그것은 결국 겨레뿐만 아니라 자기 자신도 파멸로 이끌 것이다. 만일 우리 주변에서 공산 제국주의가 민주주의의 탈을 쓰고 생각하고 말할 수 있는 자유와 권리를 이용하여 국민들의 마음을 어지럽힌다면 이 얼마나 위태롭고 무서운 일이겠는가. 아무리 말하고 생각하는 자유가 보장되어 있다 할지라도 겨레 전체의 이익을 해치거나 법질서와 사회제도를 파괴하는 것은 결코 용납될 수 없다.

자유로이 생각하고 말할 수 있는 이런 권리는 신분이나 빈부의 차이 없이 평등하게 보장되어야 한다. 농민이나 학자나 정치가나 실업가나 누구를 막론하고 골고루 보장받아야 한다는 얘기다. 그래서 정치, 경제, 문화 각 부문에 대한 개인의 생각과 견해가 크게 하나로 묶여 겨레의 넓은 뜻으로 만들어져야 한다. 이러한 겨레의 공통된 견해가 정부 정책에 반영된다면 그 효과는 대단할 것이다. 또한 이렇게 모아진 넓은 뜻과 견해가 시대와 정세의 변천에 따라서 알맞게 고쳐지고 달라지면서 새로운 관례와 전통으로 이루어진다면 더 바랄 것이 없겠다. 이 밖에도 우리에게는 많은 권리가 있다. 우리는 우리의 권리를 발견하고 그것을 적극적으로 실현하기 위해 다 같이 노력해야 할 것이다. 잠자는 권리는 권리가 아니다. 양식에 어긋남이 없고 겨레 전체의 이익에 반하지 않는 한 우리는 권리를 찾아내는 데 더욱 노력하고 그러한 노력이 성과를 거둘 때 결과적으로 그것이 다른 사람의 권리로 확장될 것이요 겨레 전체의 권리로 확대될 것이다. 이것이야말로 우리 겨레의 번영과 행복이 아니고 무엇이겠는가.

　사람은 누구를 막론하고 나서 죽을 때까지 자기 뜻대로 하고 싶고 자기 마음대로 살고자 한다. 자유는 모든 인간의 본능이요 인간은 자유의 주체이기 때문이다. 우리 겨레는 자유를 가장 적게 누려 본 민족들 가운데 하나일 것이다. 조선왕조 500년은 지배자와 그 지배를 받는 사람들로 나뉘어 있었다. 그러나 지배를 당하는 사람들은 그 사실에 별달리 의문을 품지 않았다. 자유는 누려 본 사람만이 그것을 알기 때문이다. 물론 동학농민운동처럼 정부에 맞서 싸운 민중운동이 없었던 건 아니지만 그러한 자유투쟁운동은 오늘날의 자유민주주의 사상을 배경으로 한 것은 아니었고 다만 막연한 자유의식에서 온 것이었다. 우리 겨레의 자유에 대한 정신은 일본제국주의 정치 밑에서 꺾이지 않았던 겨레의 항일투쟁 과정에서 역사적으로 커 나왔다고 볼 수 있다. 1919년의 3·1운동은 미국의 윌슨 대통령이 내세운 이른바 민족자결주의에 자극되어 일어난 겨레의 자유와 독립을 위한 운동이었다. 이와 같은 3·1운동을 비롯한 여러 민족운동은 그것이 온 겨레의 자유를 위한 운동이었지 한 개인의 자유를 위한 운동은 아니었다. 순서로 보면 개인의 자유가 먼저고 그것이 나아가서 온 겨레의 자유로 나아가야 맞지만 우리 겨레의 기구한 역사는 자유권의 발전에도 그 앞뒤가 뒤바뀌었던 것이다. 물론 그게 역사적이고 시대적인 조건 때문이었다고 하더라도 참된 자유는 먼저 개인의 자유에서부터 출발하지 않으면 안 된다. 인생이란 자유를 실제로 구현해 가는 과정이고 그 과정 속에 개인의 행복과 번영이 있다. 개인으로서의 자유를 구현하면 그것이 곧 겨레의 자유를 실제로 구현하는 것이며, 개인의 번영과 행복을 달성하면 그것이 곧 겨레의 번영과 행복을 달성하는 것이 될 것이다. 우리는 자유에서 개인을 찾고 겨레를 찾아야 한다. 또한 우리는 자유에서 자기를 이룩하고 자유에서 겨레를 사랑하는 마음을 발휘해야 할 것이다.

5) 자치능력 없이 자유민주주의 발전은 없다

방종은 올바른 자유가 아니라 자유의 적이다. 자유는 자기보존을 위해서 한계를 가지고 있고 그 한계를 지키기를 강요한다. 진정한 자유란 이러한 자유의 한계를 발견하는 데 있고, 자유를 참되게 누린다는 것은 자유의 한계를 지키는 데 있다. 다시 말해 자유는 자유 그 자체를 다스린다. 이것이 곧 스스로를 다스리는 자치의 시작이다. 우리는 정부나 그 밖에 다른 어떤 힘이 다스려 주기를 바라지 말고 스스로 다스릴 수 있어야 한다. 간섭과 남의 다스림에 따라 복종한다면 그것은 이미 자치가 아니다. 제멋대로와 방종도 자유의 적이지만, 남에게 매여 사는 것 역시 자유의 적이다. 자치란 자기가 자기를 간섭해서 이끌어 가는 것이며, 거기에는 자기희생도 포함되어 있다. 이러한 자치의 정신을 정치의 틀로 삼은 것이 지방자치제이다. 그러나 사람이 스스로를 다스리지 못한다면 그 지방의 자치도 불가능하다. 아무리 그 지방 지방마다의 이익을 위해 마련한 지방자치제라 하더라도 자기를 다스리는 힘이 있어야 그 실제적인 운영은 가능해지는 것이다. 결국 그러한 제도 자체가 좋은 것이 아니라 그러한 제도를 잘 이끌어 나가고 꾸려 나갈 수 있는 힘이 문제다. 우리는 무엇보다 자기가 자기를 다스릴 수 있는 힘을 기르고 거기서 더 나아가 자기가 살고 있는 지방의 자치능력을 길러야 한다. 지방마다 바르고 튼튼한 자치제도의 발전 없이는 자유민주주의의 발전은 기할 수 없다.

6) 자유는 봉사정신을 요구한다

자유의 한계를 깨닫고 그것을 지키려고 노력하면 할수록 자유는 더 많은 봉사정신을 요구한다는 것을 알게 된다. 그러니까 자유란 봉사정신에 뿌리를 박고 있다고 해도 과언이 아닌 것이다. 아마 우리 겨레만큼 봉사정신이 부족한 민족도 드물 것이다. 그러나 겨레가 곧 나와 한 몸임을 안다면 어떻게 자기 욕심과 자기 무리들의 이익에만 매달릴 수 있겠는가. 민족이 다 같이 잘살아야 나도 잘살 수 있고, 내가 잘살아야 민족도 잘살 수 있다는 것을 안다면, 민족 전체의 이익과 자기 이익이 조화되는 지점까지만 이익을 추구하게 될 것이다. 물론 그러한 조화를 넘어 겨레를 위해 자기를 희생하고 민족을 위해 싸우다가 돌아가신, 그 정신이 겨레와 더불어 영원히 살아 있는 애국지사들이 많이 있음을 잘 알고 있다. 그러나 대체로 봐서 우리 겨레가 크게 깨달아야 할 것은 남을 위하는 봉사정신을 되찾는 것이다. 우리 겨레에게 어째서 봉사정신이 부족한가를 살펴보면 그것은 저마다 자기의 명예만을 채우자는 자기제일주의의 결과라 하겠다. 그러나 겨레란 한 몸임을 깨닫는다면 어찌 겨레를 사랑하고픈 따뜻한 마음이 싹트지 않겠는가. 우리는 각자의 자리에서 봉사정신을 길러야 한다. 우리는 곧잘 공무원이나 경찰관은 나라의 충실한 심부름꾼이어야 한다고 말한다. 충실한 심부름꾼이란 대체 무엇일까. 그것은 한마디로 말해 자기를 희생하는 봉사정신을 뜻하는 것이다. 그렇게 될 때 비로소 이 나라의 참된 이도(吏道), 즉 관리의 올바른 도가 세워질 것이다.

봉사란 자기희생을 전제로 한다. 희생이란 자기를 내세우기에 앞서 남을 위하는 것이기 때문이다. 자기의 이익과 명예도 중요하지만 그보다 먼저 겨레 전체의 이익과 명예를 더 중요하게 여기는 정신이 있을 때 자기희생이 가능해진다. 결국 오늘날 우리 겨레에게 희생정신이 부족하다는 것은 그만큼 각자가 자기 이익과 명예만을 추구했기 때문이다. 겨레에 대한 따뜻한 사랑, 민주주의에 대한 사랑, 자유에 대한 사랑이 없이는 결코 자기를 희생하는 봉사정신은 싹트지 않는다. 이러한 자기희생의 봉사정신만이 우리 겨레를 어려운 위기에서 건져 낼 수 있고 자유와 민주주의를 이 땅에 이룩해 겨레의 번영과 행복을 되찾아 올 수 있다.

02

우리 민족의 과거를 반성한다

조선왕조 사회사의 반성

1. 지배계급의 성씨만 바꾼 조선의 건국

오백 년 조선왕조는 여러 면에서 후대에 큰 영향을 미쳤다.

편의상 조선시대를 전기와 후기로 나누어 보자. 이성계가 군사 쿠데타로 정권을 잡고 나라를 세운 때가 전기, 대원군이 집권한 후 유럽과 일본 등의 열강이 한반도에 침략의 손을 뻗치기 시작한 때가 후기쯤 될 것이다.

1392년 군사 쿠데타로 고려왕조를 무너뜨리고 정권을 잡은 이성계는 조선왕조를 창건했다. 이성계는 북쪽에서는 여진족의 침략을 막아 냈고 남쪽에서는 노략질을 일삼는 왜구를 무찌른 뛰어난 무장(武將)인 동시에, 혼탁의 절정을 달리던 고려 말 민심과 대외 정세의 움직임을 읽을 줄 아는 정치가이기도 했다. 당연히 이성계의 첫 번째 과제는 민심 수습이었고, 개혁 1순위는 토지제도였다. 고려 때의 토지대장을 모두 불태웠는데 그 불길이 3일 밤낮을 타올랐다고 한다. 그것은 민심수습책인 동시에 고려왕조의 낡은 기득권 세력을 청산해 버리기 위한 작업이었다. 그러나 결과적으로 일시적인 미봉책이었으며 더 많은 문제를 낳은 개악(改惡)의 개혁으로 끝나고 말았다.

크게 세 가지인 이 개악의 개혁을 좀 더 자세히 살펴보자.

먼저 토지개혁이다. 토지의 국유화를 원칙으로 한 점에서는 중앙봉건제도를 강화했다고도 볼 수 있겠다. 그러나 토지의 재분배 결과 토지의 소유자가 된 관리들은 농민들로부터 세금과 부역을 긁어 들였으며 대대로 관료가 되는 기득권 세력이 되어 농사나 생산 활동에는 손도 대지 않았다. 이들은 생산이나 노동을 천하게 여기고 관리가 될 수 있는 신분만을 자랑 삼고 즐겼다.

둘째는 명나라에 대한 사대주의 외교정책이다. 조선은 명나라 황제로부터 조선 왕이라는 승인을 받았고, 나중에는 그것이 전통이 되어 명나라 황제의 승인을 얻어야 그 권위가 보증되었다.

셋째는 유교를 조선의 나라 이념으로 삼고 불교를 몰아낸 정책이다. 유교가 좋아서가 아니었다. 유교가 조선의 건국이념이 된 것은 순전히 명나라와 긴밀한 관계를 맺기 위한 사대주의 사상에서 비롯된 것이다.

결과적으로 이성계의 쿠데타는 단지 왕씨의 지배를 이씨의 지배로 바꾸었을 뿐이고, 오히려 예전에는 없던 형식적인 예절만 더 늘어나 후세에 정신적 유산도 민족적 자주이념도 남기지 못했다. 일본제국주의의 식민지 통치에서 벗어난 후에도 해방된 이 나라에는 겨레의 앞날을 이끌어 나갈 정신적 사고가 없는 허무주의 상태가 연출되고 만 것이다.

2. 유교적 전체주의와 숨 막히는 신분장벽의 사회

이성계의 군사 쿠데타는 정권교체에 그쳤을 뿐 사회구조의 근본적인 개혁에는 다가갈 수 없었다. 나라의 지도원리를 유교에 고정시킨 이성계는 유교 진흥을 정책의 슬로건으로 내세워 국민교육에 활용했고 관직에 나가기 위한 필수과목으로 삼았다. 그렇게 조선의 관직은 유교 지식인 출신이 차지했고, 이들은 지배층을 이루면서 실제 땅을 경작하는 농민을 착취하며 자신은 놀고먹는 지주가 되었다. 양반이라는 사회적 신분은 대대로 물려주고 또 물려받는 특권이었다. 이처럼 유교사상은 신분의 차별을 당연시하고 임금과 신하, 윗사람과 아랫사람, 그리고 주인과 종의 관계를 합리화시켜 주는 지배 이데올로기로 사회에 투영되었다.

이러한 유교적인 윤리를 밑받침하고 있는 사회적인 기둥은 세

가지로 나누어 볼 수 있다. 먼저 가족이나 종가(宗家)를 포함하는 혈연(血緣)이다. 둘은 지리적인 인연으로 맺어진 모임, 즉 지연(地緣)이다. 마지막이 군주나 농장을 소유하는 관인(官人)들의 모임이다. 이 세 파벌이 농촌사회의 지도세력으로 자리 잡았다. 이 세력들은 왕을 섬기고 그 왕의 지배를 당연시하며 봉건적인 가족제도를 지원하는 밑받침이 되었다. 그러니까 조선왕조는 유교라는 가족적이고도 윤리적인 성격을 띤 사상을 지배원리로 하는, 그 본질상 전체주의라 하겠다.

조선의 사회계급은 피라미드 모양으로, 맨 위에 임금이 있고, 그리고 왕의 가족, 그다음에 양반계급이 있었다. 그 밑으로 이들의 지배를 받는 평민과 노비가 있었으며, 지배계급과 피지배계급 사이에 관청의 일을 맡아 보는 기술적인 사무원이 있었다. 이렇게 조선 사회의 계층은 양반, 관청의 사무원, 평민, 그리고 종의 네 계급으로 구분되었다.

이 네 계급은 저마다 신분에 따라 일거리가 달랐다. 중앙관서의 기술직 종사자들은 양반 이하의 사무원 취급밖에 받지 못했다. 기술직을 업신여기는 사조가 팽배해서 수공업에 종사하는 기술사무원이나 종들은 '~쟁이'라는 천한 이름으로 불렸는데, 상공업이나 과학기술을 업신여기는 생각들은 후일 근대화를 가로막는 암(癌)과 같은 역할을 했다. 지방의 벼슬아치인 아전은 양반의 앞잡이에 지나지 않았으나 그 쥐꼬리만 한 권력을 사유화하여 백성들을 괴롭

히기 일쑤였다. 그러는 사이 벼슬아치를 높이 여기고 백성은 업신여기는 소위 '관존민비(官尊民卑)'의 사상이 굳어진다. 벼슬이면 다라는 생각에 감투 쓰는 일에만 모두가 집중하는 어두운 사회 분위기가 조성된 것이다. 이런 현상은 근대민주주의의 바탕이 되는 지방자치의 성장을 방해하고 '나으리'에게 아부하는 근성을 길러 냈다. 나라 일에 참여할 수 있는 기회를 전혀 얻지 못했던 백성은 나라일을 자기들과 전혀 관계가 없는 것으로 여겼고, 그러다 보니 나라와 겨레를 사랑하는 마음이 자라날 토양은 전혀 만들어지지 못했다.

이렇게 무기력하고 새롭게 무엇을 해 보겠다는 의지도 없었던 조선시대 백성들의 모습과 생각은 우리 문학사에서 얼마든지 찾아볼 수 있다.

풍파에 놀란 사공 배 팔아 말을 사니

구절양장(九折羊腸)이 물도곤 어려왜라

이후론 배도 말도 말고 밭갈이나 하리라

조선 중기의 문신인 장만(張晩)이 지은 시조다. 세상살이의 어려움을 겪어 보니 자연에 순응해 농사나 지으며 사는 게 제일이라 노래하고 있다. 이 시조는 본래 벼슬살이의 어려움을 뜻하지만 장만이 은유로 든 고기잡이나 소금장사를 직유법으로 읽어도 큰 무리는 없다. 그렇게 읽으면 어떤 뱃사공이 말 끌고 다니는 소금장사 등으로 직업을 바꾸려던 결심을 꺾고 '에라 내 주제에 무슨, 농사나 짓자' 하는, 체념과 슬픔이 섞인 노래가 된다. 조선시대의 백성들이 얼마나 소극적이고 삶에 대한 의욕과 개척의 의지가 없었는지 말해 주는 것이다.

우리나라 고전문학의 대표작인 『춘향전』을 보자. 기생의 딸이라는 천한 신분에서 오는 슬픔을 줄거리로 해서 정조와 절개라는 봉건 사회의 도덕을 끝까지 지켜 나가는 열녀의 모습을 보여 준다. 물론 천한 기생의 딸인 춘향이가 수청을 들라는 변학도의 요구에 "예절은 양반의 가문에만 있고 기녀(妓女)의 천가(賤家)에는 안 되나이까?"라고 되묻는 것을 볼 때 그녀에게서 정조나 절개보다 인격이나 인간적인 평등을 요구하는 개성의 단초가 엿보이지 않는 바는 아니다. 반면 청년 이도령은 양반의 자식으로 그 신분과 관직을 위해 사랑도 버리는 비겁한 일면을 보여 주고 있으며, 암행어사라는 관권을 동원해 문제를 해결한다는 점에서 아직 평민의 저항의식이 싹트지 못한 조선 사회의 심리상태를 잘 보여 주고 있다. 이처럼 신분적인 장벽과 양반들이 백성을 수탈하는 사회체제는 백성들 사이에 허무주의를 조장하고 그때그때만 즐기면 그만이라는 쾌락주의와 방탕한 생활을 정당화시켰다. 향락주의는 손 하얀 양반들도 마찬가지여서, 그들의 향락주의는 조선 사회가 무너질 때까지 곪아 갔다.

3. 토지제도의 왜곡이 불러온 민란의 시대

농업에 종사하는 평민이나 노비와 같은 백성들은 이른바 '아시아적 생산'의 희생자로, 가난에 신음하고 권리를 빼앗기고도 이를 당연시하며 살아야 했다. 조선 사회를 지탱한 주요한 산업에 종사하는 농민이 지주적 성격을 띤 관인들의 지배 밑에서 신음했다는 것은 이성계 건국사업의 첫째 과업인 토지개혁이 이들 농민들의 지위나 소득을 전혀 개선해 주지 못했다는 증거다.

조선은 물론이고 한국 역사 전반을 지배해 온 사회경제사의 중심 개념은 '토지소유 제도의 변천'이다. 각 시대마다 그 왕조의 경제적인 토대를 마련하기 위해서 토지를 소유할 주인을 국가나 혹은 새로운 지배세력으로 바꿔 놓는 수속을 취했다. 창업 조선의 이 과업 역시 전제(田制) 개혁이라 불리는 일종의 토지개혁이었다. 토지대장이 새로 작성되면서 새로운 과전법(科田法)이 시행된다. 이 제도의 목적은 신진 관료들의 생활 기반을 마련해 주는 것이었다. 조선 사회도 아시아적 공동체의 개념에서 예외가 될 수 없는 만큼 농토와 그것의 소유관계를 통해서만 그 시대의 경제적, 사회적 구조를 이해할 수 있다. 한정된 토지의 소유권을 둘러싼 정치적 관계에 따른 사회라는 점에서 중국 전문가인 비트포겔(Karl August Wittvogel) 교수의 말마따나 '관리자적인, 진실로 정치적인 경제'라 아니 할 수 없다.

그러면 조선의 이 관리자적인 정치적 경제 지배의 주체는 누구인가. 두말 할 것도 없이 지주적 성격을 띤 신진 관료 즉 관인계급이다. 이 관인들은 나라의 최고통치자인 임금으로부터 토지세를 받을 권리를 부여받아 복종관계에 들어서고, 다시 토지를 경작하는 사람에게 '토지가 국유제'라는 점에서 토지세를 강요할 수 있는 법적인 근거를 가지게 됨으로써, 조선의 토지개혁은 사실상 논밭을 중앙집권적으로 공유화하는 이른바 토지의 국유화로 나타난다. 이것이 바로 서양의 봉건사회와 다른 점이라 하겠다.

그러나 조선의 토지제도는 점차 문란해져 중종, 명종 때에 이르러서는 나눠줄 땅이 없어 사전(私田)의 폐지뿐만 아니라 현직자에게만 제한되었던 직전(職田)마저 폐지해 버렸다. 사전에서 들어오는 이익이 줄어들자 관인들은 토지세를 횡령하는 한편 공전(公田)을 개인의 소유로 하여 민전(民田)의 발생을 가져왔다. 명종 17년에는 임꺽정이라는 의적이 나타날 정도로 농촌의 살림살이는 궁핍해졌다.

연산군 때에는 여러 사람을 위해 존재해야 할 토지가 개인 소유로 돌아가는 일이 더욱 심해졌다. 당시 농민들은 하늘을 바라보면 하늘세(稅), 땅을 내려보면 땅세라고 자조할 만큼 각종 명목으로 빼앗기고 골탕을 먹었다. 주식으로 도토리나 나무뿌리를 씹어야 했다. 거기에 고리채까지 가세해 농민들은 도무지 살아갈 방도가 없는 지경에 이르렀다. 결국 조선의 토지개혁은 후기에 와서 농민의 가난으로 드러났고, 19세기 철종 시대에 이른바 '민란의 시대'가

열리면서 조선왕조의 황혼을 알리게 된다.

조선의 경제제도는 숱하게 나쁜 유산을 남겼다. 관의 권력을 배경으로 한 특권의식이 뿌리박혀 경제와 정치가 분리되지 못한 끝에 정치인들은 권력을 초과하는 그 이상의 이익을 누리려 들었고, 경제인은 스스로의 힘으로 민간활동을 하는 대신 관의 권력과 결탁하려는 나쁜 버릇이 생긴 것이다. 이러한 조선시대의 유산과 봉건적인 잔재가 해방 후까지 그대로 남아 있는 것이 우리나라 농촌의 실정이니, 과연 과거 외국의 원조가 농촌사회를 뜯어고치고 새로 일으키는 데 얼마만큼이나 이바지했는지 의심할 수밖에 없는 것이다.

4. 피비린내 나는 당쟁과 사화의 나라

조선 사회가 후세에 남긴 가장 못된 유산이 사화(士禍)와 당쟁이다. 그것은 관인 지배층 내부에서 벌어진 무자비한 권력투쟁이었다. 이 싸움은 페어플레이가 아니었다. 헐뜯고 시기하고 모함하는, 일종의 테러와 같은 잔인성을 띤 음성적인 당파싸움이었다. 반대 당이나 정치적인 적수에 대해서는 피도 눈물도 없었다. 그 결과 민족의 분열을 조장하고 평화로운 정치세력의 교체를 기할 수 없게 만들었다는 점에서 후세에 서구식 민주주의를 받아들이는 데 있어 적지 않은 장애와 해독을 끼쳤다.

　본디 토론이나 논쟁은 옳고 그름을 가리는 것을 뜻하는 것인데, 조선의 당파싸움에서 시비는 그야말로 문제도 안 되는 남의 흠을 찾아 헐뜯고 공연히 시비를 거는 것에 지나지 않았다. 당파싸움은 자신과 생각이 다른 사람들을 '사문난적(斯文亂賊)'으로 몰았다. 송시열(宋時烈)과 대립각을 세웠던 남인파 허목(許穆)은 주자학 말고 다른 학문도 진리가 될 수 있다는 발언을 했다가 사문난적의 가시관을 썼다. 이렇게 사소한 시빗거리에서 시작한 당파싸움은 피비린내 나는 권력다툼으로 발전해 가곤 했다.

　사화와 당파싸움은 세조의 왕위 찬탈을 비롯하여 조선의 역사 전반을 지배했다고 해도 과언이 아니다. 성종 때부터 연산군의 난폭한 정치 때까지는 사화와 당쟁의 전성시대였다. 15세기 말엽에 비롯된 궁중 안의 분쟁은 유교세력 상호 간의 당파싸움으로 확대되었고, 17세기 말엽까지 지배계급 사이의 권력다툼은 그칠 줄을 몰랐다.

　고려시대에도 관인 사이의 정치싸움은 있었으나 그것은 주로 왕실의 혼인 문제나 왕위 계승 문제를 둘러싼 왕궁 안에서의 분쟁에 국한되어 있었다. 그러나 조선시대의 당파싸움은 그 무대가 확대되어, 권력을 잡고 있는 당의 관인과 야당과의 사이에서 야기된 싸움으로 그 범위와 성격이 완전히 달라졌다. 훈구파(勳舊派)와 사림(士林)의 대립이 그것이다.

조선시대 통치계급 안의 싸움은 대체로 둘로 나눠서 볼 수 있다. 첫째는 사화로, 임금이 개입된 관인 내지는 다른 당과의 투쟁에서 비롯되었고, 둘째는 당파끼리의 싸움으로, 주로 유교 학파에 강력히 밑받침된 당과 당끼리의 투쟁으로 나눌 수 있다. 선비를 참살(慘殺)하는 사화는 왕실 내부 정권다툼의 성격을 띠고 있었으나, 당파싸움은 조선 전체의 관인이 여러 갈래의 당으로 갈라져 비난, 음모, 테러 등의 방법으로 싸운 전형적인 패거리 싸움이었다. 거듭되는 사화(무오戊午사화, 갑자甲子사화, 기묘己卯사화, 을사乙巳사화)에서 볼 수 있듯이 사화는 순전히 정치권력을 획득하기 위한 것이었으며 자리를 차지하는 일과 긴밀한 관계가 있었던 것을 알 수 있다.

동양에 있어서의 관인들의 정쟁은 유럽 봉건주의의 영주들 간 다툼이나 자본주의 시장 안에서의 공개적인 경쟁과는 그 성격을 달리한다. 그것은 차라리 오늘날의 공산 전체주의 하의 관료들의 경쟁과 비슷하다 볼 수 있다. 이러한 동양사회 통치관료 계급의 환경에서는 모략과 중상이 절대적인 역할을 차지한다. 그 이유로는 첫째로 토지개혁 후 현직에 있는 관리에게 줄 땅까지도 없어진 국가경제의 가난한 형편과 그에 따른 중앙 집권적 1인 정치의 약화, 그리고 벼슬을 하려는 선비는 많아졌으나 감투의 수효가 제한되어 있었다는 점을 고려할 수 있을 것이다. 둘째로는 관의 권력이 지나치게 비대해진 나머지 민간 산업활동이 위축되고 사회가 여러 면으로 고르게 발전하지 못해 공부한 사람이면 으레히 벼슬자리에 올라야 한다는 이른바 '나으리 관념'이 굳어진 데 있었다. 결국 당파싸움의 못된 습성은 후세에 정실(情實) 인사나 감투를 차지하려는 운동, 그리고 야당에 대한 억압 등으로 계승되어 온 셈이다.

역사적으로 볼 때 당파싸움은 인사행정에 대한 불만에서 비롯되었다. 선조 8년 김효원(金孝元)과 심의겸(沈義謙)이 전랑(銓郎)이라는 벼슬자리를 둘러싸고 정쟁을 벌인다. 이 전랑이라는 벼슬자리는 높은 자리는 아니었으나 조선시대 관의 인사권을 좌우하고 있었으므로, 김효원이 전랑 자리의 물망에 오르자 심의겸이 이를 반대하여 두 사람을 둘러싸고 동인(김효원)과 서인(심의겸)이 갈라졌다. 그리고 동인은 다시 남인, 북인으로 분열하고, 북인은 다시 대북(大北), 소북(小北)으로 갈라졌다. 그리고 서인도 윤서(尹西), 신서(申西)로 다시 갈라졌다 모이기를 반복하다가 다시 노론(老論), 소론(少論)으로 갈라지는 등 소위 사색(四色) 당파의 싸움이 끊일 새 없이 이어졌다.

당파싸움의 한 예를 들어 보자. 선조 24년(1591) 3월 조정에서 사신을 일본에 보내 왜란의 기미를 탐색했다. 그런데 다녀온 자들의 보고가 서로 갈렸다. 정사(正使)로 간 동인의 황윤길(黃允吉)은 왕에게 "도요토미 히데요시(豊臣秀吉)의 눈빛이 찬란하고 야심만만해 보이니 반드시 쳐들어올 것"이라고 적의 정세를 똑바로 보고했다. 그러나 부사(副使)로 갔던 서인의 김성일(金誠一)은 "도요토미 히데요시의 눈이 쥐눈깔 같고 인물이 보잘것없으니 감히 쳐들어오지 못할 것"이라며 반대 소견을 들고 나왔다. 그 결과가 임진왜란이었다. 이렇게 당파싸움은 수시로 겨레를 위험한 고비로 몰아넣었다.

이런 당파싸움의 도가니 속에서 영조는 깊이 느낀 바가 있어 소위 탕평책(蕩平策)을 세워 사색당파를 고루 등용하는 한편, 어느 1당이 독주하는 일이 없도록 왕권을 강화했다. 그렇게 영조 시대는 한때 태평세월을 이룩했고 세종대왕 이후 문화의 르네상스를 맞이할 수 있었던 것이다.

그러나 해외 열강과 천주교가 들어옴에 따라 후기의 조선 사회는 다시 혼란에 빠진다. 당파싸움의 당연한 귀결인 세도정치가 나타났고, 백성의 살림살이는 도탄의 절정을 달리게 된다. 조선의 국가체제는 뿌리부터 흔들린다. 지방 관리의 횡포와 착취는 날이 갈수록 심해져 농촌은 한없이 피폐해졌으며, 마침내 홍경래의 난, 삼정(三政)의 문란, 철종 시대의 민란, 동학농민운동 등을 불러온다. 조선 사회가 본격적으로 무너지기 시작한 것이다. 19세기 말 조선을 방문한 모리스 쿠랑(Maurice Courant)이라는 유럽인은 조선에 대해 "외톨이로 떨어져 있게 된 결과 창조의 재능도 국내에 갇히고 훌륭한 사상은 알력의 화근이 되어 싸움과 다툼질의 누룩으로 변해 당파싸움을 일으켜 사회의 진보를 가로막았다"고 지적한 바 있다. 조선 사회는 그 경제적인 바탕을 봉건경제의 테두리 속에 가두어 놓은 채 고립을 고수했다. 오래 고인 물은 썩어서 냄새를 풍기기 마련이다. 그 지독한 냄새가 바로 당파싸움의 추잡하고 간악한 음모와 내분이었다.

이와 같이 당파싸움은 우리 역사상 가장 해롭고 수치스러운 내분의 습성을 남겨 놓았다. 타협과 관용을 모르는 아귀다툼은 의회민주주의와 정당정치의 가능성을 훼손하고, 결국 해방 후 우리나라 민주주의 17년사를 고스란히 실패로 돌아가게 한 원인이 되었던 것이다.

5. 조선 사회의 그릇된 유산들

우리 사회는 해방 17년 동안 민주사회 건설에 완벽하게 실패했다. 정당정치를 구현할 만한 건전한 정치인이 없었고, 그것을 감당할 만한 지도세력도 키워지지 못했다. 국민의 수임자인 공무원은 뇌물 수수와 부정축재에만 실력이 발달했고, 일반 국민들 역시 자기만의 이득을 꾀하는 마음뿐이어서 참다운 애국심도 근로정신도 가지지 못했다. 최근에는 아예 '엽전'이란 말까지 유행해서 우리 겨레의 비굴한 면을 실토하고 자인하고 있으니 참으로 딱한 일이 아닐 수 없다. 이 모든 습성들이 결국 이 나라에서의 건전한 복지민주국가 건설을 망치고 있다. 이전에는 유럽의 민주주의를 받아들이기만 하면 모든 일이 다 해결될 거라 생각했다. 그러나 민주주의를 한국 땅에 접붙이는 일은 결국 성공하지 못했다. 그 결과 이제 우리 민족사의 본바탕이 지니고 있는 나무를 가꾸지 않으면 안 되겠다고 자각하게 되었다.

이와 같은 현상은 영국식 민주주의 시행 10여 년의 쓰라린 실패를 본 파키스탄에서도 동일하게 나타났다. 혁명 지도자 아유브 칸 (Muhammad Ayub Khan) 장군이 파키스탄의 전통과 현실에 걸맞은 정치 체제를 모색할 필요성을 역설하고, "우리나라의 민주주의는 다른 나라에서 들여올 것이 아니라 파키스탄의 책 속에서 찾아내야 한다"고 말한 것은 그런 의미다. 이집트의 나세르(Gamal Abdel Nasser) 역시 그러한 경로를 걷고 있다. 이러한 점을 거울로 삼아 우리는 조선 사회가 우리에게 끼친 그릇된 유산을 정리하고 우리 겨레를 해치는 악의 요소와 싸워야 할 것이다.

경제학자인 데리바니스 교수는 후진국이 가난한 원인으로 가능한 한 적게 일하려는 국민들의 욕구, 기업인들의 낮은 재능, 그리고 그 나라 행정의 저조를 들었다. 후진국의 국민들이 '게으르다'는 것은 일반적인 견해다. 물론 게으른 것은 '가난한 나라'의 특징인 원시적 생산, 인구의 압박, 자연자원의 미개발, 자본 부족이 그 이유일 수도 있겠지만, 결국 이러한 원인들은 근대화를 추진하는 과정에서 '가난의 악순환'을 초래하고 경제활동에 대한 의욕도 꺾게 마련이다. 마하트마 간디는 『젊은 인도』라는 책에서 이런 현상을 다음과 같이 정리했다.

"원칙 없는 정치, 노동 없는 부, 양심 없는 쾌락, 인격 없는 교육,

도덕 없는 경제, 인간성 없는 과학, 희생 없는 신앙."

게다가 우리의 경우 근대화가 궤도에 오르기도 전에 극동 여러 나라의 희생물이 되었으니 민족자본이 형성될 여유가 없었던 것이다.

그릇된 유산들을 좀 더 살펴보자.

1) 자주정신 없는 무작정 사대주의

조선의 그릇된 유산을 논할 때에는 한반도라는 지정학적 위치를 고려해야 한다. 강대국에게 의존하는 사대주의적 대외정책을 쓰지 않을 수 없었던 태조 이성계의 건국이념이 바로 그것이다.

애당초 태조가 정치적인 이유로 설정한 사대주의는 중국을 따르는 유교사상을 지식인 사회에 뿌리박게 하고 모든 사회제도나 심지어 생활양식까지도 그대로 본뜨게 했다. 그러다 보니 모든 가치판단의 기준이 자기 판단이나 자기 민족의 문화가 아닌 '중국에서는 어떻게 하고 있는가'에 비추어 결정되었다. 이런 경향은 민족적 자립이나 민족적 주체성이 확립되지 못한 채 외국에서 들여온 문화나 사상의 기성복만을 입으려는 이른바 '구호물자'식 민주주의 수입으로 이어졌다. 결국 사대주의는

① 우리의 지정학적 위치가 강대국과의 사대외교를 불가피하게 선택할 수밖에 없었던 면을 인정해야 하지만

② 역대 왕조가 사대외교를 지양할 만한 실력도 창의도 없었으며

③ 고려 이후 민족 고유의 문화를 스스로 말살하고 유교 등 외국에서 문
화를 들여오는 데만 급급했고

④ 신라가 통일을 이룩하기 위해서 당나라의 군사를 이용한 이래로 국내
문제를 해결하기 위해 외국의 군사력을 불러들이는 못된 습성이 생겼
다

는 점 등을 그 성립 이유로 볼 수 있을 것이다.

자주적인 외교는 자주적인 국민정신을 만들어 낸다. 이제 우리
는 큰 것에 의존하는 한심한 습성을 깨끗이 없애 버리고 자주외교
의 전통을 키워 나가야 할 것이다.

2) 허세 사회
– 게으른 데다 불로소득만 추구했다

조선의 사회구조는 농업을 중심으로 하는 각종 생산활동과 근
로의욕을 위축시켰다. 앞에서 게으름은 후진국의 일반적인 특징이
라고 했지만, '한국적인 게으름'은 양반, 상놈 관념에서 비롯된, 우
리 역사에 뿌리 깊이 박혀 있는 특권의식과, 노력하지 않고 이득
을 보려는 얌체의식과도 긴밀한 관련이 있다.

토지개혁에서 말한 바와 같이 조선의 토지제도는 양반을 특권

지주로 만들었다. 이들은 세금을 받아먹는 데만 관심이 있었지 농업을 경영하는 데는 관심이 없었다. 그런 양반들에게 엄밀하게 이해타산을 따지는 경제관념이 아니라 헤픈 '한량' 기질이 발달한 것은 당연한 일이다. 한량 기질은 본질이 허세다. 가난한 주제에 공연히 허세를 부리다가는 패가망신하는 것이 허세의 귀착점이다. 이러한 한량 기질과 풍조는 쓸데없는 예절에 몰두하는 형식주의에서 비롯된 것이다.

우리 옛 이야기에는 수전노를 욕하는 유머가 많이 등장한다. 돈을 아끼고 절약하는 사람을 조롱하는 이런 사회 분위기에서 저축 관념이 형성될 턱이 없다. 그러다 보니 그날 하루 먹으면 그만이라는, 순간을 즐기려는 생각이 깃들기 마련이다. 이런 경향은 노래에서도 쉽게 찾아볼 수 있다. 〈권주가〉라든가 〈수심가〉, 〈양산도〉 같은 노래를 보면 죄다 먹고 놀자는 쾌락주의뿐이다. 그러나 게으른 것도 양반 등 상류계급의 전유물이었다. 화롯가에 앉아 큰소리로 허세나 부리고 집안을 자랑하면서 온종일 집안에 들어앉아 수염만 쓰다듬는 샌님들의 게으른 양반 생활이 그것이다. 건전한 직업 관념이 발달되지 못했던 것도 그 이유 때문이겠다.

독일에서는 직업을 하느님에게 소명을 받은 것이라는 뜻으로 해석한다. 그래서 직업을 '천직(天職)'이라고 부른다. 독일 사람들은 세속적인 직업에 충실한 것이 곧 하느님의 뜻에 부합하는 것이라고 생각했던 것이다. 다시 말해 독일 사람들에게 세속적인 직업과 장사, 그리고 돈벌이는 곧 하느님으로부터 부여된 사명을 다하는 것이며, 이는 수단이 아니라 인생의 목적 자체였다. 그래서 직업에 충실하며 책임감도 느끼는 것이다. 유럽 사람들의 이름은 대부분 수공업 등 직업과 관련된 것이다. 이를테면 '스미스(Smith)'는 '대장장이'를 뜻하고 그의 선대(先代)가 대장간을 경영했다는 것을 나타내지만 이로 인한 차별이나 불편은 전혀 없다. 그런데 우리나라 성씨는 대부분 김가, 이가, 박가로, 우리나라는 조선시대 이래로 직업에 대한 관념이 박약하고 모두가 관리가 되는 것만을 목표로 삼는 관권 지향적인 사회였다. 지금도 우리나라 농민들이 아들을 공부시킬 때에도 자기같이 손에 흙 묻히는 일 대신 일하지 않고 공짜로 먹는 전공(이를테면 법학과나 정치학과 등)을 시키는 것도 그 연장선 상에 있다 하겠다.

3) 노예적 체념의 일상화

외국인들은 한국인들의 정서를 슬픔과 비극 그리고 애잔함이라고 말한다. 그러나 우리나라 민요의 가냘픈 가락과 가사에 담긴 슬픔은 억센 반항 끝에 나오는 것이 아니라 '될 대로 돼라' 또는 '굿이나 보고 떡이나 먹자'는 식의 소극적인 체념에서 온다. 그리고 한국 사람들의 비극은 유럽 사람들이 생각하는 비극과 근본부터 다르다. 유럽 스타일의 비극은 운명에 맞서 싸우다가 장엄하게 쓰러지는 것으로, 부정을 다시 부정해서 이를 이겨 내려는 힘과 긴장이 팽팽한 반면, 우리의 슬픔이나 애수는 비극이 아니라 가엾음이요, 체념의 새김질이다. 이는 굴복하고 복종하는 정신이 굳어진 까닭이다. 따라서 억세게 헤치고 나가려는 유럽 식의 비극 의식은 한국에는 찾아보기 어려웠고 그저 나약한 눈물과 값싼 동정이 있을 따름이었다.

우리나라의 대표적인 노래인 〈아리랑〉을 보면 소극적인 체념이 고질화된 한 단면을 알 수 있다. 노래 가사를 보면 "나를 버리고 가시는 임은 / 십 리도 못 가서 발병 난다"라는 구절이 있다. 자기를 뿌리치고 떠나가는 임을 그리워하면서도 "여보, 날 두고 어디를 가시오" 하고 막아서는 대신 혹시 십 리쯤 가서 요행히 발병이라도 나서 돌아와 주었으면 하는 애처로움이 그를 대신한다. 유럽 사람들 같으면 따라 나서든지 목에 매달려 못 가게 할 터이다. 〈밀양 아리랑〉도 가사가 "정든 임이 오시는데 인사를 못해 / 행주치마 입에 물고 입만 방긋"이다. 소극적이고 표정 없는 일면이다. 우리 겨레의 이런 정서는 벌써 신라의 향가에서 그 조짐을 보이고 있다. 「처용가」를 보면 "(…) 밤 깊도록 노니다가 / (집에) 들어와 잠자리를 보니 / 다리가 넷이어라 / 둘은 내 것인데 / 둘은 뉘 것인고 / 본래 내 것이다마는 / 빼앗김을 어찌하리" 장탄식을 늘어놓고 있다. 유럽의 사나이라면 바로 권총을 들어 둘을 다 쏴 버렸을 것이다.

이러한 체념은 대결 의식이 없고 굴복하는 인생 태도이며 운명에 순순히 굴하는 태도라 하겠다. 따라서 운명을 개척하거나 새 길을 찾아보려고도 하지 않으며 불가능한 것을 바꿔 보려는 용기도 없었다. 그러다 보니 점(占)이니 관상이니 사주택일 같은 운명관에 사로잡혀 가난은 고질화되고 살림살이를 바로잡으려는 의욕이 움트지 못했던 것이다.

체념은 소극적인 현실 도피로 나타난다. 우리나라 노래에는 조금이라도 힘들면 '못살겠다', '죽겠다' 같은 말이 서슴지 않고 튀어 나온다. 이와 같은 현상은 조선 전제정치 등쌀에 괴롭힘을 당하던 인생의 일단을 말해 주는 동시에, 값싸게 삶을 포기하려는 나약한 인생 태도와, 현실 도피를 무슨 고상한 일로 착각하는 패배의식에서 비롯되는 것이다.

4) 기업의식 대신 관청만 바라보았으니

이러한 정서는 스스로 뭔가 일을 만들어 내려는 욕구의 부족으로 나타난다. 생각은 많으나 막상 그것을 현실에 옮겨 보려는 용기가 없고, 일에 착수하기도 전에 안 되는 이유만 잔뜩 생각해서 미리 주저앉아 버리는 것이다. 이는 민족성이라기보다는 역시 역사의 산물이다. 항상 관가 눈치를 살피는 전제사회에서 개인 스스로 새로운 것을 추구하기가 곤란했기 때문이다. 그래서 무슨 사업이든지 권력기관을 끼고 해야 된다고 생각하는 버릇이 생겼고, 관의 권력과 결탁해야 비로소 돈벌이가 된다는 관념으로까지 나아갔던 것이다.

스스로 일을 만들어 내는 마음 역시 극도의 가난 속에서는 생기지 않는다. 하루 세 끼 때우기도 바쁜데 무슨 일을 계획하고 경영할 수 있겠는가. 한국 사람들의 아침 인사가 대개 "조반 잡수셨습니까?"인데, 이 역시 조반을 못 끓일 정도의 가난에서 나온 인삿말이다. 먹는 것이 인삿말이 될 정도로 심각했으니 스스로 일을 만들어 내는 마음이 생기지 않는 것은 당연한 일이다. 넉시(Ragnar Nurkse) 교수는 후진국에서 자본의 축적이 안 되는 것은 생각이 모자라는 탓이라고 말했지만, 이 역시 스스로 일을 만들어 내는 마음이 부족한 것이 더 큰 이유라 하겠다.

5) 악성 이기주의

우리 겨레는 하나로 뭉치는 마음이 부족하고 패거리를 짓는 경향이 강하다. 이는 우리나라 종법(宗法) 제도의 유산이기도 하다. 종법이란 문중과 같은 친족 조직 및 제사의 계승과 종족의 결합을 위한 친족제도의 기본이 되는 법으로, 중국에서 건너온 법이다. 이런 종법제도에서 비롯된 종파 관념과 계급적 특권의식은 한편으로 집안 어른에게 절대 복종해야만 한다는 잘못된 습관과 맞닿아 있었고, 이는 결국 건전한 민주주의의 발전을 막고 개인의 이익을 떠나 전체의 이익을 도모할 수 있는 길마저 차단했다.

이제는 남이 잘살아야 내가 잘살 수 있다는 사회의식과 함께, 남의 행복과 동시에 자신의 행복을 찾겠다는 사회적 공리주의를 추구해야 할 때이다.

6) 명예 관념 결여와 '나'라는 개인의 부재

조선은 정명주의(正名主義)의 나라였다. 『논어』에서 공자는 정치를 맡기면 무엇부터 하겠느냐는 질문에 "이름부터 바로잡겠다"고 했다. 이름을 바로잡는다는 것이 무슨 말인가. 공자의 말에 따르면 "임금은 임금답고, 신하는 신하답고, 아비는 아비답고, 자식은 자식답게 되는 것(君君. 臣臣. 父父. 子子)"이 그것이다. 임금·신하·아비·아들 등 신분질서를 가리키는 각각의 이름에 걸맞은 역할과 행위를 강조한 것인데 그 본질은 충(忠)과 효(孝)의 강조다. 그런데 우리는 그 본질은 놓치고 오로지 '~답다'에만 집중했다. 그러니까 '양반은 양반답고 백성은 백성다워야 한다'는 말로 해석하여 정명의 껍데기만 실천한 셈이다. 그래서 남에게 보이기 위해 거창하게 혼사를 치르고 과다하게 제사를 모신 끝에 재산을 날리는 데 망설임이 없었다. 반면 유럽의 기사도와 같은 명예에 대한 의식은 전혀 없었다. 서양에서는 '명예를 걸고'라는 말을 쓰는 데 비해 우리는 '한사(限死)코' 혹은 '필사(必死)적'이라는 표현을 쓴다. 둘 다 자기의 목숨을 끊어서 책임을 면하겠다는 것이지, 명예를 걸거나 책임을 지키기 위해서 죽는 것은 아니라는 얘기다.

명예는 책임과 같은 말이며 그것은 '나'라는 존재에 대한 강조다. 가령 '명예훼손법' 같은 것이 그렇다. 그것은 유럽 사람들의 생활에서 나온 것이지 우리와는 거리가 먼 개념이다. '나'에 대한 뚜렷하고 굳센 의식 없이 그저 막연히 집단과 가문에 대한 의식만 있기 때문이다. 그러다 보니 '나'는 사라지고 그 자리를 '우리'가 대체한다. 내 집이 아닌 '우리' 집이고, 내 아빠가 아니라 '우리' 아빠고, 심지어는 내 마누라가 아니라 '우리' 마누라다. 우리말에 단수복수가 확실치 않은 데도 이유가 있겠지만, '나'에 대한 관념이 흐릿한 데도 그 원인이 있을 것이다. '나'라는 주어를 생략해도 전혀 문제가 없는 말투가 발달한 것도 결국 그 연장선상에 있다.

문장 하나를 예로 들어 보자.

혁명이 일어났다고 하기에 뛰어나갔다. 아무것도 보이지 않는다. 그래서 집에 왔더니 라디오가 혁명을 알려주었다.

'나'라는 주어가 빠져도 문장 해독에는 전혀 지장이 없다. '나'에 대한 의식이 없으니 건전한 인격도 도의의 확립도 기대하기 어려운 것이다. 자기에 대한 의식이 확실히 세워지지 않으면 건전한 비판정신도 성립될 수 없다.

7) 비판정신 결여
– 형용사만 발달하고 논리와 이성이 없었던 나라

비판은 현실을 극복하려는 적극적인 자세에서 나온다. 그러나 조선시대와 같이 무지막지한 권력 밑에서는 체념과 도피만이 있게 마련이다. 특히 동양 정신 속에는 진정한 비판은 없고 물려받는 것과 물려주는 것만을 당연시하는 풍조가 있다. 공자의 말이 그것이다. 공자의 말이면 무조건 옳다며 '공자 왈'로 모든 것을 정리해버리는 것이다. 조선 사회의 문화 역시 주자학 이외의 자유로운 학문의 연구를 허락지 않았고 다른 학문의 연구를 억압했다. 그러다 보니 백성의 마음속에 뚜렷한 비판의식이 생겨나지 못하고 뒷전에서 불평, 불만만을 늘어놓게 되었다.

한편 조선시대 사람들은 비교적 시문(詩文)에는 능했으나 논리적인 근거를 통한 이성적인 사고방식을 가지지 못했다. 감수성이나 감각에는 민감해서 언어에서도 감각적인 형용사는 발달했지만 논리적인 사고에서 나오는 이성에는 둔하여 중국의 문헌을 그대로 옮겨 놓는 데 그쳤다. 토론이나 의견의 발표는 대개 양반의 위신과 관련되어 매번 독단적이며 절대적인 것이었다. 상대편의 의견을 고려한다든가 논쟁을 통해 이론적으로 납득시키는 것이 아니라 우격다짐으로 매사를 강제했다. 권세를 등에 업은 허위가 권세 없는 진리를 누르는 것이 당연한 것으로 되어 버렸던 것이다. 이처럼 악화(惡貨)가 양화(良貨)를 몰아내는 경향은 조선 사회 안에 건전한 비판정신을 가진 지도세력을 길러 내지 못하는 결과를 가져왔다.

6. 전승해야 할 유산들

이제껏 우리는 조선의 역사를 사색당쟁과 사대주의, 그리고 놀고먹는 양반계급의 생활태도를 들어 비판했다. 오늘날 젊은 세대가 그에 대해 분개하는 것은 바람직한 일이다. 그것은 지나간 역사를 비판적으로 반성해 보다 나은 앞날을 만들어 내는 계기가 되기 때문이다.

그러나 한 가지 경계해야 할 것이 있다. 그것은 우리의 현실을 재건하는 데 있어서 다른 나라에서 온 문화나 정치제도에 지나치게 의지한 나머지 자기가 딛고 서 있는 한국이라는 땅의 역사와 현실을 망각하는 것이다. 소크라테스가 바람 앞의 등불 같이 흔들리는 아테네 시민들을 향해 외친 "너 자신을 알라"는 바로 그런 의미였다. 네 나라가 걸어온 어렵고 고된 역사 속에서 가르침과 힘을 찾아내라는 말이었다.

역사라는 거울 앞에 서면 우리 민족은 유달리 못난 곳만을 보고 고개를 숙였다. 그러나 거친 벌판 속에서 허덕이며 살아온 어려운 역사도 자랑으로 만드는 일이야말로 혁명을 통해 역사를 힘차게 새로 이룩하는 일꾼의 보람 아니겠는가. 그런 의미에서 조선의 역사 속에서 우리가 물려받아야 할 훌륭한 유산을 찾아보자.

조선시대의 르네상스는 세종, 세조, 영조 시대다. 이 시기에 조선의 문화가 활짝 꽃피었으며 한글의 제정과 『경국대전』의 발간 [완성은 성종 때] 그리고 대동법(大同法)이나 균역법(均役法)의 시행, 이후세에 좋은 영향을 끼쳤다.

세종대왕은 우리나라 문화사상 가장 빛나는 업적을 남긴 군이다. 세종은 말과 글이 일치하는 한글을 창제했는데 이는 민족적 자각에서 우러나온 현명한 시책으로 그 위대함은 '근세 한국의 민족문화혁명'이라고 해도 지나치지 않을 것이다. 「훈민정음」 서두에 "나랏말씀이 중국과 달라 문자(한문)와 서로 통하지 아니하므로…"라고 한 것만 보더라도 세종은 문자혁명을 통해서 자주적 민족의식을 고취했을 뿐 아니라, 우리 민족이 본디 지녀 온 문화를 가꾸고 기르는 일과 국민교육 상의 일대 혁신을 세웠다. 익히기 힘든 한문은 양반계급의 전용이었고, 배울 시간도 의욕도 없는 백성은 더욱더 무지 속에 빠져 들었다. 백성의 고단함을 헤아렸던 세종은 현명하고도 뛰어난 민족의 위대한 지도자였다. "이런 까닭에 우매한 백성이 말하고자 하는 바 있어도 마침내 그 뜻을 실어 펼 수 없는 자가 많다. 내가 이를 가엾게 여겨 새로 스물여덟 자를 제정하니…" 한 것을 보면 아래로부터의 민심과 민의를 존중하는 일면을 보여 준다. 세종은 임금이 되자 국립연구소 격인 집현전(集賢殿)을 확대, 문학의 선비를 뽑아 오로지 연구에만 전념케 했다. 이 '아카데미'에 당대의 젊은 학자들을 모아 학술과 정치제도와 역사를 연구하고, 왕의 학문 상 자문 역할과 함께 각종 서적을 발간하는 등 문화융성을 꾀했던 것이다. 세종은 이 아카데미의 정인지, 신숙주, 성삼문 등의 학자들과 더불어 사대주의 학자들의 반대를 물리치고 한글 제정을 단행했고, 과학 발명에도 큰 업적을 남겼다. 그리고 천문관측기와 해시계, 물시계 등을 만들어 농업을 이롭게 했고, 측우기를 제작하여 전국의 강우량을 조사케 했다. 괄목할 만한 활판인쇄술의 개량 역시 세종 시대의 작품이다.

이처럼 조선 전기 문화융성대인 세종, 세조, 성종 대에 나온 저작들이 『경국대전』, 『치평요람』, 「용비어천가」, 『고려사』, 「훈민정음」, 『국조보감』, 『동국통감』, 『동문선』, 『동국여지승람』 같은 책들이다.

세종의 르네상스는 영조 시대에 와서 다시 꽃핀다. 영조는 당파 싸움의 폐해를 뿌리째 뽑기 위해 인재를 고루 등용하는 한편, 농민들의 노역을 고루 같게 하고 대신 권력 있고 세도 있는 자들이 소유하고 있던 사업체에서 세금을 징수해 국고 수입을 늘렸다. 다음으로 왕위에 오른 정조는 열렬한 개혁군주로 문화를 발전시켰다.

이상은 왕조의 지배층을 중심으로 살펴본 문화유산이고, 이보다 우리가 더 관심 있게 보야 할 것이 일반 백성 가운데서 움튼 고귀한 유산들이다.

1) 향약, 계 등 지방자치의 단서들

① 향약

민주주의의 기초는 지방자치에 있다. 그러나 4·19혁명 후 지방자치단체 선거에 대한 국민들의 무관심에서도 보았듯이 중앙정치에만 관심을 두는 것은 중앙집권적 전제의 잔재로, 민주정치가 제대로 자라지 못한 실상을 말해 준다.

이런 의미에서 조선 초기부터 발달한 우리나라 지방자치의 싹이라 할 수 있는 향약(鄕約)은 찬란하게 꽃피지는 못했지만 반드시 다시 살펴봐야 할 유산이다. 오늘날의 재건국민운동이 성공하려면 초보적인 형태의 지방자치 형태라고 할 수 있는 향약으로부터 역사적인 근거를 마련해야 할 것이며, 그렇게 함으로써만이 백성 속에 뿌리박은 범국민운동으로 성공할 수 있을 것이다.

향약이란 이른바 마을이나 고장의 계약에 해당하는 그 지방의 자치적인 조직을 말하는 것이다. 향약의 네 가지 목표를 살펴보면

첫째, 덕업을 서로 권장하고(덕업상권德業相勸)

둘째, 허물을 서로 고쳐 주며(과실상규過失相規)

셋째, 예의로 서로 사귀고(예속상교禮俗相交)

넷째, 재난에 서로 돕자(환난상휼患難相恤)

는 것으로서 이는 마을의 자치규약이다. 본디 향약은 중국에서 발생한 것이지만 우리나라에서는 민간에서 자연발생적으로 생겨났다. 그 대표적인 것으로 이퇴계나 이율곡의 향약이 있다. 이러한 지방적 특색을 가미한 지방자치적인 조직의 발생은 주로 이퇴계의 향약에서 비롯되어 여러 향약으로 전파되었다.

이 향약은 조선말까지 이어졌으나 건전하고도 새로운 평민적 민주세력의 등장으로까지 발전하지 못하고 향촌 지배세력인 토호(土豪)가 생겨날 발판으로 끝난 것은 유감스러운 일이다. 향약이 유교를 중심으로 하는 향교(鄕校)와 결부되어 미풍양속을 보호한다는 허울 좋은 이름 아래 헛된 예절과 형식을 권장하고 여자가 밖에 나다닐 때 장옷으로 얼굴을 가리게 하는 등 그 제도가 지닌 유교적인 제약을 벗어나지 못한 것도 한계였다. 특히 19세기 말 동학 농민운동 때 충청도 지방에서 향약이 관의 군대와 결탁해서 동학군과 싸운 것은 양반 지배계급의 자치에서 백성의 자치로 발전하지 못한 상황을 여실히 보여 준다 하겠다.

② 계

본디 계(契, 稧)는 일종의 친목을 위한 모임이나 동호회 혹은 조합을 말한다. 계는 고려시대부터 있었던 것인데, 그것이 근세에 이르러서는 마을에 널리 퍼져 서로 도우며 살아가는 조합의 역할을 하는 자치단체로 발달했다. 그러나 대개는 비밀결사나 혈연관계를 따지는 봉건적 테두리를 벗어나지 못한 한계가 있었는데, 이 계 조직을 몇 개로 나누어 보면,

첫째, 비밀결사를 주로 하는 계가 있고

둘째, 친목을 도모하는 계로 종계, 화수계, 동갑계가 있는데 이는 혈연, 지연, 가족적 당파적인 결합이며

셋째, 서로 도와주기 위한 계가 있고

넷째, 동업조합으로서의 계와

다섯째, 공동으로 담보하고 이웃끼리의 단결을 목적으로 하는 농민들의 계

등이 있다.

이 계는 양반 지배 하에서 힘없는 백성들이 생존을 위해 고안한 결합체였다. 그러나 모임을 이루고 있는 사람 사이에도 평등을 인정하지 않았고, 봉건적인 냄새를 풍기는 의리나 인정이라는 유대로 얽힌 자기들만의 울타리를 쌓은 단체들이었다는 약점이 있다. 그렇다 하더라도 이 계는 우리나라 지방자치의 새싹으로 앞으로 농업협동조합을 이루어 나가는 역사적 기틀로서 검토해 볼 만한

것이다.

이 밖에 농촌 촌락공동체를 유지하는 주요한 요소였던 '두레'나 '품앗이' 같은 유풍(遺風)도 권장할 만한 것이다.

2) 위기 때마다 우뚝 선 화랑도정신

유교를 위주로 하는 사상은 신라 때부터 전해져 온 꿋꿋한 나라의 얼인 화랑도의 정신을 무너뜨렸다. 문약(文弱)에 빠져 광개토대왕의 고구려적인 웅대하고 늠름한 모습은 사라지고 계속되는 외적의 침입을 받았다. 그러나 자취를 감추었던 민족의 얼, 화랑도는 조선시대에 와서 나라에 어려운 일이 있을 때마다 지배층이 아무런 대책 없이 멍청히 손가락만 빨고 있을 때 오히려 백성들 가운데서 우뚝 솟아 나오곤 했다.

이 화랑도정신이 조선시대에 가장 위력을 떨친 것이 충무공이 왜적을 물리친 일이라 할 수 있겠다. 충무공과 같은 시대의 학자로 이름이 높았던 이수광(李睟光)은 임진왜란을 몸소 겪은 체험을 통해 왜란 속에 화랑도가 다시 나타난 것을 보았다. 충무공의 영웅적인 해전과 상무(尙武) 정신은 나라의 어지러움을 이겨 내고 나라를 지켜 내는 전통으로 부활했던 것이다.

경주에서 일어난 동학의 교조(教祖)인 수운(水雲) 최제우 같은 사람은 칼춤을 권장했다고 하니 그 사상에 화랑 상무의 유훈이 깃들어 있었다고 하겠다. 실상 우리나라의 진정한 선비 모습은 문약에 흐르지 않고 국가가 어려운 고비에 빠지면 과감히 싸움터에 나가는 애국적인 전사(戰士)였다.

3) 중국의 영향을 벗어던진 서민문학의 태동

세종대왕이 한글을 창제한 후 한글로 표현된 국문학의 발달은 특히 임진왜란을 전후해서 많은 시인과 작가들을 배출했다. 정철의 『송강가사』와 윤선도의 가사는 그 대표적인 것들이다. 특히 선조 때 허균의 『홍길동전』은 김만중의 『구운몽』, 『사씨남정기』처럼 중국 작품의 모방이 아니라는 점에서 더욱 가치가 있다. 허균은 『홍길동전』에서 유교사상과 기성 사회에 대한 비판을 가하여 계급타파를 주장하는 한편 백성들의 봉기를 예고했다.

조선 중엽 이후에는 서민문학이 대두하여 김천택은 『청구영언』을, 김수장은 『해동가요』를 냈고 그 후 박효관, 안민영 두 시인은 『가곡원류』를 엮었다. 그 밖에도 예속적인 지위에 있었던 여성들이 시문학을 통해 그 빛을 남겼다. 이율곡의 어머니인 신사임당, 허균의 누나인 허난설헌의 시, 황진이·이매창과 같은 기생들의 문학 등이 유명하다. 특히 사도세자의 아내인 혜경궁홍씨의 「한중록」은 우리나라 궁중 여류문학의 으뜸이요 당파싸움의 분위기를 피눈물 나게 엮은 역사적 고백이다.

4) 사상사를 새로 쓴 퇴계와, 주자학에 반대해 일어난 실학운동

여러 해악에도 불구하고 조선시대의 성리학이 퇴계 이황, 율곡 이이와 같은 대학자를 배출한 것은 인정해 줘야 할 것이다. 이들은 시골에 묻혀서 사학(私學)을 육성하는 한편, 심오한 철학의 탐구 끝에 사단칠정(四端七情) 논쟁의 대석학(大碩學)적 위업을 달성했으며, 특히 퇴계 이황의 학문은 일본에 전파되어 근세 일본 사상의 전반을 지배했다. 율곡은 사회문제와 국정문제에 관해서도 큰 관심을 가지고 있었다. 그는 해이해진 정치·경제·사회·군사적 제도 등을 기존 체제의 틀 속에서 다시 새롭게 개혁하는 경장점진주의(更張漸進主義)의 입장에서 임진왜란 전에 이미 십만의 병력을 양성할 것을 제창하여 위대한 선구적인 지성을 드러내기도 했다.

16세기 중엽 이후 이 나라에도 유럽의 문화와 물질문명의 자극을 받아 실학(實學) 사상이 일어났다. 실학은 공리나 공담에 골몰하는 주자학에 반대해서 실제로 응용할 수 있는 지식과 과학을 숭상하는 사상이다. 실학자들은 과거 주자학에 물든 양반들의 무사·무위주의나 안일주의를 배격하고, 속수무책으로 허송세월만 하는 낡은 생활태도를 반박하고 실천을 강조했다. 만약 이런 개혁적인 지식인 사회가 주자학이나 유교 풍을 누르고 유럽의 과학적인 문화나 물질문명을 받아들이고 새로운 사상을 과감하게 수용해 이를 육성했다면 우리 민족이 시대에 뒤처진 시간을 훨씬 단축시킬 수 있었을 것이다.

7. 조선 망국사의 반성
– 백성의 반란과 식민지 망국사의 시작

임진왜란과 병자호란이라는 외부로부터의 커다란 침입으로 조선은 뿌리부터 흔들리기 시작한다. 왕권은 약화되어 그 혼란을 틈탄 세도정치가 횡행했고, 소위 세도가라는 자들이 감투싸움과 뇌물 수수, 매관·매직을 밥 먹듯 하는 가운데 백성들은 노역과 세금이라는 이중고 속에서 바짝바짝 말라 갔다. 세도정치란 왕의 신임을 얻은 친척 중 어느 한 파가 권력을 잡아 자기 파의 이익을 위해 국가의 권력을 남용하는 말세적인 정치현상이다. 암행어사를 내보냈으나 어사마저 뇌물을 먹는 판국이니 당시 조선 관인의 부패에 대해서는 더 말할 것이 없겠다.

조선왕조가 황혼기에 이르렀다는 징조는 도처에서 나타났다. 가뭄과 장마가 끝나면 전염병이 돌았고, 빌어먹고 굶어죽는 재난이 쉴새없이 이어졌다. 순조 11년(1811) 홍경래의 난이 일어난다. 홍경래는 본디 불만이 많은 관인이었다고 하는데 평안도민에 대한 차별대우와 최악의 흉년으로 인한 흉흉한 민심을 타고 난을 일으킨 것이다. 이 반란군은 청천강 이북을 완전히 장악하고 흔들리는 이씨 왕권을 위협했으나 반년 만에 결국 실패로 돌아가고 만다.

헌종 12년(1846) 흉년에는 굶어죽고 질병에 죽은 자가 임진왜란 때보다 더 많았고 굶주린 사람들은 남의 무덤을 파고 시체의 옷을 벗기거나 아이들을 버렸다. 살던 곳을 떠나 정처없이 떠돌아다니는 농민과 거지들이 도처에 우글거렸고 결국 그들은 산에 들어가 산적이 되었다.

농민의 반란은 벌떼처럼 이어지고 들불처럼 다른 곳으로 옮겨 붙었다. 철종 13년(1862)에는 경상도, 전라도, 충청도 등지에서도 무수히 반란이 일어나고 진압되기를 반복했다. 철종의 시대는 거의 '민란의 시대'라 할 수 있다. 시작은 그 유명한 '진주민란'(1862)이다. 진주의 백성들은 관의 횡포를 견디다 못해 머리에 흰 천으로 만든 두건을 쓰고 죽창을 들고 관가에 들어가 관장을 내쫓고 간악한 관리를 죽이고 방화와 파괴를 감행했다. 이런 민란 끝에 근세 최대 규모의 농민반란으로 터져 나온 것이 동학농민운동(1894)이다.

그렇다면 이렇게 농민들이 결사적으로 난을 일으키게 된 원인은 무엇일까. 역사가들은 세 가지 정책이 문란했기 때문이라고 말한다. 이른바 '삼정'이라고 부르는, 토지세인 전정(田政), 군역을 포(布)로 받는 군정(軍政), 그리고 정부의 구휼미 제도였지만 사실상 고리대금업이 돼 버린 환정(還政) 또는 환곡(還穀)이 그것이다. 이 세 가지 정책의 문란으로 국고가 마르고 지방관리의 횡포와 수탈이 가혹해진 끝에 반란으로 이어진 것이다.

진주민란 다음 해에 정권을 잡은 흥선대원군은 세도정치를 억누르고 사색당파를 등용하며 지방의 병폐인 서원을 없애 버리는 등 개혁정책을 펼쳤지만, 그 정도 뜨뜻미지근한 개혁으로는 곪을 대로 곪은 조선 사회를 회생시킬 수 없었다. 그 와중에 그는 막대한 재정을 들여 경복궁을 고쳐 세우는 일대 토목공사를 계획하고 각종 세납을 늘려 백성의 원한을 사기 시작한다.

대원군 치세는 근대의 힘센 나라들이 한반도라는 먹잇감을 향해 달려드는 시대였다. 극동에서는 일본, 청나라, 러시아 세 나라가 서로 다투고, 유럽의 강국들은 아편전쟁(1840) 이후 중국에 쳐들어와서 다음 먹잇감으로 조선을 노리고 있었다. 그 식욕이 구체적으로 드러난 것이 병인양요(1866)다. 이런 판국에 세계정세에 눈이 어두웠던 대원군은 두 차례의 양요를 물리치고 의기양양했으나, 정권을 잡은 지 10년 만에 민씨 일파에게 정권을 넘겨주게 된다. 그 후 민씨의 세도정치도 쇄국을 고집했으나, 고종 12년(1875)의 운요(雲揚)호사건을 계기로 일본 측의 요구조건을 받아들여 나라를 열게 된다. 부산을 비롯한 두 개의 항구를 무역항으로 열 것을 내용으로 하는 강화도조약(1876)이 바로 그것이다. 이 조약 후 군국주의적 침략을 꾀하는 '사무라이'들은 일본 상품의 시장으로서의 조선에 몰려들기 시작한다.

이처럼 문호를 개방하면서 새로운 문화와 제도를 수용해야 했던 조선의 여론은 두 갈래로 갈라진다. 하나는 문호를 열고 새로운 것으로 뜯어고쳐 자립하자는 개화파와, 다른 하나는 낡은 것을 그대로 고집하며 큰 것을 섬기자는 이른바 친청(親淸) 파다. 대원군이 물러나자 정국의 주도권은 민씨 중심의 개화파로 넘어간다. 민씨 세력은 조선 내정을 뜯어고치는 일을 일본의 본을 떠서 해 보려고 했으며, 새로운 무기를 도입하고 일본 장교를 초청하여 새로운 양식의 군사제도(별기군別技軍)를 꾸몄다.

그러나 민씨 파의 군부 개혁은 구식 군대(훈련도감 세력)와 대원군의 불만을 불렀고, 이들은 쿠데타를 일으켜 민씨 일가의 집을 부수고 일본인 교관을 죽이고 일본공사관을 파괴했다. 바로 임오군란(1882)이다. 임오군란을 계기로 대원군이 다시 정권을 잡자 일본과 청국은 이를 핑계로 앞다투어 침략의 손을 뻗친다. 일본은 군란 때 입은 피해를 보상하라며 제물포조약(1882)을 맺었고, 청나라는 조선에 대한 지배권을 되찾기 위해 군란 진압을 명목으로 군대를 파견, 쇄국정책을 쓴 대원군을 납치한다. 그리고 허수아비로 내세운 민씨 정부로 하여금 미국, 영국, 독일, 이탈리아, 러시아 등과 통상 관계를 맺도록 한다.

이때 농민 반란의 지도자인 전봉준은 서양과 일본을 물리치고 전제정치를 타파하여 백성을 구한다는 커다란 슬로건을 내걸고 민족혁명을 전개한다. 동학농민운동은 비록 조선의 관인이 지배하는 정치를 거꾸러뜨리지는 못했지만 우리나라 민주혁명과 근대화에서 큰 의의가 있다 하겠다. 동학농민운동은 우리나라 역사상 처음으로 백성이 일으킨 민주혁명으로서 새로운 사회 건설을 위한 지도세력이 농민대중 속에서 싹텄으며, 한국사회의 재건과 혁명의 본바탕인 주체성을 가진 민중사상으로 전개되어 우리나라 혁명사상과 새로운 민주주의를 한국에서 실현하는 정신적인 원천이 되었다. 이를테면 3·1운동이나 4·19, 5·16혁명과 같은 민주혁명의 밑바닥을 흐르는 정신적인 요소가 되었던 것이다.

그러나 동학농민운동은 일본과 청나라의 군대가 조선에 들어오는 구실을 주었고, 결국 일본과 청나라가 조선 땅에서 분쟁을 벌이게 된다. 조선 정부는 일본과 청국 두 나라 군대가 물러날 것을 제창했으나, 일본 군국주의는 청나라 군대를 물리치고 조선에 대한 지배권을 굳히게 된다.

일본이 청나라를 굴복시켜 조선과 만주를 차지하는 것을 본 러시아, 프랑스, 독일은 일제히 반발했고, 특히 남쪽으로 세력을 뻗치던 러시아는 일본과 첨예하게 대립한다. 당시 극동 정세에서 일본과 러시아 사이의 중요한 문제가 조선에 대한 정책이었다. 두 나라는 조선의 중립화를 구상하기도 하고, 북위 39도선으로 기준을 삼아 조선을 두 쪽으로 갈라 차지하려는 절충도 모색했지만, 타협을 못 본 채 상황은 전쟁으로 이어진다(러·일전쟁, 1904). 결국 1905년 러시아는 일본 군국주의에 패배한다. 청나라에 이어 러시아까지 격파한 일본은 조선과 강제로 을사늑약(1905)을 체결, 조선은 사실상 주권을 잃게 되고 강도 일본은 '한일합방'이라는 탈을 씌워 마침내 우리를 집어삼키는 데 성공한다(1910). 일제 36년[실제는 34년 11개월 16일로 만 35년이 안 된다]의 비극이 시작된 것이다. 1945년 8월 15일, 민족해방의 날까지 우리는 '나라 없는 설움'을 제대로 겪으며 피눈물의 역사를 쓰게 된다.

조선의 정치주권의 상실은 일본 군국주의의 경제적 침략의 발판이 되었으니, 그 세부 내용을 보자면, 첫째, 조선의 화폐를 바꾸고, 둘째, 동양척식회사를 세우고, 셋째, 토지조사에 의한 식민지 수탈 강화, 넷째, 학제 개편, 다섯째가 일본 문화선전의 침투 등이라 할 수 있겠다. 결국 우리나라의 근대화는 식민지 종주국에 의해서 이루어진 것이다 보니 왜곡된 근대화를 열었고, 경제적 침략과 일본 군국주의의 병참기지로 전락하게 되니 해방 후까지 그 같은 식민적인 독소가 오래 남아 우리 민족이 다시 일어서는 것을 방해해 왔다고 해도 지나친 말은 아닐 것이다.

8. 파멸에서 재건으로
– 망국에서 해방, 6·25, 4·19, 5·16으로 이어진 민족의 가시밭길

나라를 망친 조선 말기부터 오늘에 이르는 50여 년은 우리 민족이 '파멸에서 재건'이라는 가시밭길을 걸어온 역사다. 일본 제국주의에게 나라를 빼앗긴 이래 우리는 3·1운동, 8·15해방, 6·25전쟁, 4·19혁명, 5·16혁명 등 시기마다 매듭을 지어 가며 파멸에서 재건으로의 행군을 이어 왔다. 8·15해방을 맞이했으나 국토는 둘로 갈라지고, 동족끼리 피를 흘리는 6·25의 비극을 감수해야 했다. 휴전이 되었지만 북쪽에서는 소련과 중공의 붉은 제국주의의 식민지 김일성 공산독재가 인민을 가혹하게 부리고, 남한에서는 이승만 자유당 독재정권이 12년 동안 기간산업의 토대가 되는 전력 문제 하나 제대로 해결하지 못한 채 도시는 살찌고 농촌은 메말라 갔다. 세계인들의 눈에 비친 우리는 '극동의 병들고 외로운 섬'이었다. 마침내 젊은 세대의 각성된 민족의식이 4·19혁명으로 터져 나왔지만 결과는 자유당과 피장파장인 민주당 정권의 거듭된 실정이 이어졌고 그런 끝에 5·16군사혁명이 있었던 것이다. 5·16군사혁명은 8·15에서 비롯된 민주혁명과 자립경제 건설의 민족적인 과제가 4·19학생혁명으로 이어진, 그 기초공사의 출발점인 동시에 동학농민혁명과 3·1의 민족독립선언 그리고 대한민국 건국이념을 꿰뚫고 흐르는 민족사의 거대한 흐름의 하나로 이해되어야 할 것이다.

일본의 식민지배는 가혹했다. 특히 자국의 자본주의 성장을 위해 조선의 농민을 약탈하고 먹이를 제공하는 기반으로 삼았는데, 조선을 상품시장이자 원료 공급지로 만들어 버린 이른바 경제적

식민정책이다. 1910년 8월 29일 한일합방과 동시에 일본은 토지조사사업을 실시하여 식민지 체제를 정비, 강화하기 시작한다. 9년이라는 시간과 막대한 돈을 들여 이루어진 토지조사사업은 1918년 완성되어 한국에서 처음으로 근대적인 토지소유권이 확립된다. 이는 중대한 역사적 사건이다. 그러나 문제는 이러한 조선의 근대화가 백성이 각성하여 이룩한 것이 아니라 일본 자본주의의 식민지 지배 형식으로 강매된 일종의 수입품'이었다는 사실이다. 일본의 자본주의는 한국에 자본을 투입하기 위해 새로운 화폐제도를 만들고 1908년 동양척식회사를 세우는 한편 철도를 부설했다. 토지조사는 한반도를 일본 제국주의 식민지로 만드는 경제적인 침략을 위해 외부에서 들여 온 토지개혁이었다. 그 결과 토지는 세금을 받아먹던 양반이나 관인 계급의 사사로운 땅이 되었고 조선총독부는 최대의 지주가 되는 반면, 민은 전부 토지 없는 소작인으로 전락했다. 이러한 식민지적 토지 사유 제도는 해방 후 1949년의 농지개혁에 의해 토지 없는 농민에게 돈을 받고 토지를 나눠주게 되어 형식상 뜯어고쳤다고 할 수 있겠지만, 실제적로는 실패로 돌아가고 농가 고리채 등의 폐단으로 나타났다.

농지개혁은

첫째, 농지를 잘게 나눠 작은 농가와 가난한 농가를 만듦으로써 농촌 경제의 자본주의적 성장을 가져오지 못하고,

둘째, 농민은 평년작의 3할을 현물로 5년 동안 부담해야 했으므로 부담이 너무 커서 더욱더 농가를 가난하게만 만들었고,

셋째, 지주계급은 매수당한 토지의 대가로 받은 토지증권을 산업자본으로 전환시키지 못했다

는 결과를 낳았다.

결과적으로 일본 제국주의의 식민지적 토지개혁과 해방 후의 농지개혁은 모두가 농업기술의 발달과 경영의 합리화를 가져오지 못하고 국가경제를 가난하게 만들고 농민들로 하여금 농촌을 떠나게 하는 등, 도리어 우리나라의 농촌을 파괴의 길로 이끌었을 뿐이다. 농지개혁은 농촌사회의 중심세력인 지주계급이 몰락한 후 인적으로나 물질적으로 오히려 더 거칠고 메말라 버렸다. 지난날의 지주는 그래도 경영 면에서 비교적 안정된 세력을 이루고 있었는데, 그것마저 몰락하고 나니 지금까지 농민들이 기대어 온 농촌의 중심세력이 완전히 없어졌을 뿐만 아니라, 작은 농가나 가난한 농가가 경영자금을 기대어 온 재정적인 밑천이 없어진 셈이다. 결국 농민들은 부득이 지역사회와는 유대도 애착도 없는 상업자본이나 산업자본에 기댈 수밖에 없었고, 피도 눈물도 없는 고리채의 착취 대상으로 전락했다. 그렇게 높아만 간 농가의 빚은 우리나라 경제의 '가난의 악순환'을 부채질했다.

이와 같은 일본 제국주의의 경제적인 침략은 이 모두가 우리민

족을 종으로 만들려는 일본의 총칼로 다스리는 무단정치(武斷政治)
에서 비롯된 것이다. 서울에 총독부를 둔 일본은 우리 민족의 독
립투쟁을 막기 위해서 헌병과 경찰을 앞세워 군국주의적인 억압을
했으며, 정치적인 자유는 물론이요 언론의 자유도 이땅에서는 자
취를 감추게 하였던 것이다.

그러나 우리 민족의 독립정신은 백성들의 가슴 속에 뚜렷이 살
아 있었다. 한일합방이 있기 전에는 전국 도처에서 의병이 일어나
일본 군대를 무찔렀고, 북간도나 연해주 등지에서 일본에 대항하
는 의용군이 조직되어 압록강을 건너와 일본군을 습격했다. 문화
인, 지식인, 교육자 들도 은밀히 독립사상을 불어넣었으며, 『독립
신문』 같은 민족언론이 생겨났고, 학교와 단체가 생겨 백성을 깨
우치는 일을 시작했다. 천도교, 기독교, 불교 등도 민족주의의 깨
달음을 가지고 자라게 되었다.

이러한 한국민족의 자각, 자립 정신의 성장은 기어이 1919년
3·1독립운동으로 폭발했다. 독립운동은 비록 실패로 돌아가긴 했
으나, 온 민족이 들고일어섰던 그 역사적인 의의는 큰 것이었다.
이 운동은 남녀노소 할 것 없이 모두가 민족의 독립과 자유를 목
메어 외치고 한데 뭉쳐 일어선 민족 전체의 시위였고, 동학농민운
동의 정신을 계승한 근대적 자각의 표시였다. 또한 건전한 민족주
의가 활짝 피어난 것인 동시에 나라와 민족을 사랑하는 애국심이
싹튼 증거이며, 총칼에 맞선 민주주의적인 자유의 자각이라는 점

에서 커다란 의미가 있다.

3·1운동 이후 일본 제국주의는 조선 통치의 방식을 무단정치에서 '문화정치'로 바꾼다.

만주사변(1937)을 계기로 일본 자본주의는 제국주의적 해외침략으로 치달으면서 주로 북한지역을 중심으로 일본의 공업자본이 투입되었고 조선수력전기회사, 흥남질소비료회사 등을 비롯한 제철공업, 방직공업, 식료품공업 등이 생겨났다. 이는 오늘날 남한은 농업, 북한은 공업으로 갈라지게 한 원인이 되었다. 만주사변 이후 제2차대전까지의 시기에 일본 제국주의는 조선을 병참기지로 만드는 과정에서 가난을 강요했고, 마침내는 조선 백성들까지 '황국 신민(皇國臣民)'으로 만들어 보겠다며 일본말 사용을 강요하고, 신사 참배에 이어 창씨개명까지 강제하여 우리 민족의 말과 얼마저 빼앗아 버리려 들었다.

이러한 '나라 없는 민족의 설움' 36년은 세계 제2차대전이 끝남으로써 마침내 매듭지어져 우리 민족은 해방을 맞이하게 된다. 이후 분단과 동족상잔이 이어졌고, 3년 만에 어렵게 휴전이 성사된다. 휴전 후 8년 동안 남북한은 '휴전회담에 의한 평화'를 유지하고 있었는데, 역사적으로 보면 남북 간 '경제전쟁의 시기'였다고 볼 수 있겠다. 북한에서는 김일성 독재가 인민들의 자유를 빼앗고 '천리마운동'이라는 경제계획을 우격다짐으로 감행하여 백성들을 혹독하게 부려 먹었다. 대한민국의 실정은 어떠했는가. 자유당 독재

12년에 농촌경제는 파탄 나고 관의 기강은 문란해졌으며, 부정축재자들은 건전한 국가경제의 성장은 제쳐 놓고 스스로 썩어 빠지기에 바빴다. 독재와 '해방귀족'들이 날뛴 끝에 민족의 장래는 캄캄해져만 갔다. 형식만 받아들인 의회민주정치는 실패로 돌아가고, 30억 달러에 이르는 외국 원조는 비료공장 하나 제대로 세우지 못한 채 도시의 화려한 소비생활로 날아가 버렸다. 1959년「콜론 보고서」의 한국 편은 "한국에는 민주주의 껍질만 남은 것도 기적이다. 한국에는 민주주의가 부적당한 것 같다. 차라리 인자한 전제정치가 타당할는지 모른다"고 결론지은 바 있는데, 반박하기가 쉽지 않다.

마침내 독재에 반대하는 4·19학생혁명이 일어났지만, 이 학생혁명을 새치기한 민주당 정권은 무정체성과 무계획성으로 아홉 달 내내 한국사회를 데모와 깡패들의 무법천지 세상으로 만들었다. 그리고 5월 16일 아침, 군사혁명군이 서울에 들어온다.

8·15해방에서 시작된 한국의 민주혁명은 젊은 세대—군인, 학생, 지식인—새로운 지도세력의 새로운 혁명이념에 의해 완수되고 있다. 이제 우리는 인간혁명과 사회개혁을 과감히 이룩하여 가난으로부터 백성을 해방시켜 살기 좋은 민주국가를 기어코 만들고야 말 것이다.

9. 한국의 근대화를 위하여

- 반봉건과 식민 잔재 청산, 가난을 떨치고 민주주의를 재건하자

우리 민족은 우리나라의 근대화를 위한 역사적인 과제를 앞에 두고 있다. 그 과제란 19세기 말엽 유럽 열강들이 동쪽으로 뻗어 온 이래 이제껏 미완의 숙제로 남아 있는 우리나라 근대화의 완성이다. 5·16군사혁명이 국민혁명으로 성공하려면 반드시 이 엄청난 과제를 해결해야만 한다.

한국 근대화의 과제는 다음과 같다.

첫째로, 반(半) 봉건적이며 반(半) 식민지적인 잔재로부터 민족을 해방시키는 것이다. 그러기 위해 민족주의적인 열정을 함께 불태워야 한다. 지난날 모든 민족은 근대화로 비약할 때에 어떤 경우에나 민족주의적 정열이 작용했다. 오늘날 후진국의 민족주의는 '가난한 세계의 소리'이자 그들의 생존을 위한 의지이다. 그들은 국제외교에서 자기 나라의 중립과 안전을 위해 노력하고 있으며 우리도 뭉치고 단결하여 근대화의 분위기를 만들어 놓아야만 한다는 것을 깨달아야 한다.

둘째로, 가난으로부터 민족을 해방시켜 경제적으로 자립을 이룩하는 것이다. 우리 민족은 작은 규모의 농업사회를 이어 오면서 항상 가난에 시달려 왔고, 가난은 굳게 눌어붙어 도저히 벗어날 수 없다는 생각으로까지 굳어졌다. 한편 민족자본이 형성되지 못한 채 정치 브로커들이 날뛰는 가운데 관권에 의존하려는 폐단이 굳어져 근대화를 방해해 왔다. 이제 필요한 것은 백성들의 얼어붙은 마음을 녹여 재건 의욕과 긍정의 인생관을 되찾게 하는 일이다. 그런 깨달음으로 생산적인 인간, 근로의식에 충만한 인간을 계몽하고 길러 내는 일이다.

셋째로, 건전한 민주주의의 재건이다. 민주주의라는 형태는 수입하더라도 그 뿌리까지 수입할 수는 없다. 늦게나마 '민주주의의 한국화'라는 과제를 스스로 깨닫게 된 것은 참으로 다행스러운 일이다. 지난날 반봉건적 반식민지적 지도세력을 그대로 놓아 둔 채 운영하려고 한 데도 민주주의 실패의 이유가 있었다. 한국의 근대화를 위해서는 근대적인 새로운 지도세력을 움트게 하는 일과 길러 내는 일을 바탕으로 삼아야 한다. 농민대중을 일깨우고 새로운 지식인과 혁신적인 인텔리를 중심으로 한 민주주의적인 지도세력을 길러야 할 것이다. 한국사회의 경제적 바탕을 마련하기 위해서는 근본적인 경제개혁이나 사회혁명이 필요하다는 사실을 민족사의 거울에 비춰 보고 찾아내야 한다.

03

|

한민족의 수난의 역정

1. 지정학적으로 우리의 고난은 예정되어 있었다

우리의 역사가 내내 어려운 고비를 겪어 온 역사였다는 것은 나혼자만의 생각이 아닐 것이다. 우리 민족의 성격을 보면 내부적인 가난이었고, 지정학적 위치를 보면 외부로부터의 압박의 역사였다. 여기서는 주로 외부적인 여건, 다시 말해 우리를 둘러싸고 있던 다른 나라와의 관계에서 우리 겨레가 겪은 고된 역사를 더듬어 보고자 한다.

외부세력에 의해 주체성을 잃고 바람이 동쪽에서 불면 동쪽으로 흔들리고 서쪽에서 불면 서쪽으로 밀리며 갈기갈기 찢겼던 이 겨레의 슬픈 여정은 지정학적인 위치에서 이미 결정되어 있었다.

지도를 놓고 보면 한반도를 둘러싼 위협은 세 곳에서 다가온다. 서쪽으로는 중국이요, 북쪽으로는 소련 및 만주, 그리고 동쪽으로는 일본이 바로 그들이다. 물론 우리가 좀더 능동적인 자세를 가지고 있었다면 오히려 이들을 모두 호령할 수 있고 이들을 이끌수 있는 중심이 될 수도 있었을 것이다. 흔히 말하는 '간성(干城)'이라는, 나라를 지키는 믿음직한 군대나 인물이 있었다면 능히 그럴수도 있었다는 얘기다. 그러나 불행히도 우리의 역사는 민족적인 분발이 없었고, 힘센 자가 되기는커녕 압박의 골목이자 번번이 침략을 당하기만 하는 만만한 뜰이 되었던 것이다.

중국은 힘이 강성해질 때마다 외부로 뻗어 나오는 것이 그 기본적인 경향이다. 중국의 지세(地勢)를 보자. 그 세력이 뻗어 나오는 곳은 북쪽으로는 몽골로 통하는 길이요, 남쪽으로는 안남(베트남)으로 들어가는 길이요, 동쪽으로는 산둥(산둥) 반도에서 바닷길로 해서 한반도로 나오는 길과, 산하이관을 넘어 랴오둥(요둥) 길로 해서 만주로 들어오는 길이다. 중국 본토 안에 나라의 형세가 강하고 인문이 성할 때면 어김없이 이 길을 통해서 그 세력이 뻗어 나왔다. 그 결과 한족(漢族)이 힘이 억세고 성할 때마다 한반도는 언제나 그 침략의 대상이었다. 부여시대부터 조선에 이르기까지 한반도의 역사는 언제나 그들의 발굽으로 짓뭉개졌다.

이번에는 만주를 한번 보자. 한반도 북쪽에 있는 만주는 여러 족속이 번갈아 드나드는 곳이다. 그곳에서 패권을 잡으면 그다음

수순은 반드시 한반도를 통하여 남쪽으로 내려오는 것이었다. 지금은 만주를 '자연의 보배로운 창고'라 하여 여러 나라들이 눈독들이고 있지만, 그 옛날 춥고 차가운 만주는 사람 살기에 적당한 곳이 아니었다. 그런 까닭으로 만주에서 일어난 자가 남쪽 나라를 탐내 내려오는 것은 자연스런 이치였고, 우리 단군이 남쪽으로 도읍을 옮긴 것도 아마 그 때문일 것이다. 한반도가 궁극의 목적은 아니었지만 전략적으로나 군사 상으로 한반도를 그냥 두고 중국 본토로 들어갈 수 없었기 때문에 한반도는 만주에서 벌인 침략의 어려운 고비를 늘 겪어야 했다.

백 년 전에 러시아가 한반도를 침략하여 들어 삼키려고 한 것도 실은 한반도를 삼키는 것이 목적이 아니었다. 한반도를 다리로 삼아 일본과 동북아 일대를 장악하려는 게 그 목적이었다. 6·25전쟁의 중반전에서 무참히 패배한 소련이 자기들이 직접 나서기는 곤란하니까 의용군이라는 구실로 중공군을 끌어들여 기어이 38선 이북을 내놓지 않은 것도 바로 그런 목적이 아닐까 싶다.

사정은 일본도 마찬가지여서, 그들은 한반도를 자신들의 세력 팽창을 위한 다리로 생각하고 기회 있을 때마다 우리를 건드려 왔다. 일본의 본토를 보면 그 규모나 지세가 중국이나 만주에 비할 바 못 되는 몇 개의 떨어진 섬으로 이루어져 있지만 그래도 한반도보다는 지세나 규모가 좋고 큰 편이다. 더욱이 외떨어진 섬이라는, 한반도가 가질 수 없는 강점을 가지고 있다. 인구가 적을 때는 한반도에서 사람들이 옮아가는 형편이었지만, 일단 그곳에 들어간 후로는 다시 되돌아 나올 수 없는 섬이라 인문의 발달이 어느 정도 이루어진 뒤에는 대륙을 향한 반동과 약진의 물결이 요동쳤다. 일본은 나라가 성하면 언제나 밖으로 빠져나갈 구멍을 찾았고, 그 길이 바로 한반도였다. 물론 이것 역시 한반도가 궁극의 목적이 아니라 만주를 집어삼키기 위해서였는데, 최종적인 목적이 중국대륙을 휘어잡는 데 있었다는 것은 설명하지 않아도 될 것이다.

바로 이것이 역사에 나타난 한반도의 위치였다. 이러한 위치에서 침략을 면하려면 힘차고 억센 겨레가 되지 않으면 곤란하다. 그러나 우리에겐 부족한 것이 너무나 많았다. 지배계급은 게으르고 당파를 만드는 일에만 열성이어서 겨레를 뭉치게 하지 못했고, 겨레의 분발을 일깨우는 역사적인 사명감이 너무나 모자랐다. 백성이야 죽든 말든 자기들만 잘살면 된다는, 혼자만 편하겠다는 생각에 사로잡혀 겨레의 정신을 바로잡지 못했던 것이다. 나라의 운명이 기울고 도처에서 백성의 자발적인 의병이 일어나는데도 불구하고 지배계급과 지도자는 자리 지키기에만 급급하여 당파싸움만 벌였다. 전란으로 백성의 귀한 생명이 날아가고 국가의 재산이 바닥나고 문화적인 유산이 불타고 있는데도 불구하고 당파싸움만은 잊지 않았다. 정말 비극이 아닐 수 없다. 불리하기 짝이 없는 지정학적 위치에 겹쳐 겨레의 뭉침이 없었기에 어려운 세월은 계속 이어질 수밖에 없었다. 이제 우리는 오늘날까지도 줄줄이 흘러

내려오는 그 역사의 줄기를 올바르게 파악하지 않으면 안 된다.

2. 상투 튼 나라를 상투 자른 나라가 집어 삼키다
– 굴종의 조 · 일 수교사

20세기 초 한반도를 둘러싼 나라 가운데 눈에 띄는 나라는 말할 필요도 없이 청나라와 일본이다.

오늘날 문명이라고 하면 그 척도는 어디까지나 서양의 문명이라는 것은 두말 할 나위도 없겠다. 동양 일반을 두고 말하자면 어느 나라가 남보다 더 재빨리, 그리고 효과적으로 서양의 문명을 받아들여 자기 것으로 만들었느냐 하는 것이 그 나라 힘의 척도가 되었고 문명의 수준을 재는 기준이 되었다. 극동에 자리 잡고 있는 나라 가운데 싫든 좋은 여러 나라들과 관계를 맺기 시작한 것은 그 첫 번째가 청나라였고 그다음이 일본이다.

이들이 서양의 문명을 받아들여 활과 창 대신에 총을 메는 동안 우리는 한반도라는 구석진 모퉁이에서 세계가 바뀌는 것도 모르는 채 상투를 틀고 들어앉아 있었다. 다른 나라는 모두 근대문명을 접하면서 근대화로 나아가는데 왜 우리는 홀로 끝까지 뒤떨어져 남아 있었던가. 사람에 따라 의견이 갈릴 수 있겠지만 대체로 당시 우리의 지도계급이 급변하는 외부 환경에 눈이 어두웠고 모든 일에 소극적이고 몸을 사리는 행태 때문이라는 것이 공통된 지적이다. 이 역시도 원인은 역시 우리의 지정학적인 위치 때문이겠다.

서양의 여러 나라들이 극동 방면으로 교통을 모색한 것은, 육지로는 불가능하고 오로지 바닷길에 기댈 수밖에 없었기 때문이다. 바닷길을 따라 동쪽으로, 그리고 북쪽으로 가 보니 제일 먼저 눈에 뜨인 것이 중국대륙이요 그다음이 일본이었다. 서양에서 극동 방면으로 나오는 배는 모두가 다 중국 남쪽 해안을 돌아 일본의 서쪽 바다에 다다르게 되었기 때문이다. 중국대륙에서는 우선 광둥(廣東, 광저우)이 교통의 중심지가 되었고, 여기서 북쪽으로 올라가 일본에서는 나가사키(長崎)가 그 중심이 되었다. 이러한 뱃길을 놓고 보면 한반도의 지세는 훨씬 북쪽에 들어가 있어서 우리의 서쪽 해안에까지 이들 서양 여러 나라의 배가 들어올 수 있는 기회는 적을 수밖에 없었다. 한반도가 서양에 알려지게 된 계기는 광둥, 나가사키의 뱃길에서 풍랑을 만나 떠돌아 다니던 몇 사람들에 의해서였다.

이같이 한반도는 서양의 문명과 접할 수 있는 기회 자체가 적었고, 그 시기가 늦은 만큼 우리는 역사적으로 뒤떨어진 겨레가 되고 말았다. 운이 없으려니 우리가 서양문명을 접하는 그때에 우리는 일본의 침략을 받았다. 겨레의 참으로 운 없고 슬픈 역사다.

우리를 둘러싼 나라들에게 한반도는 항상 다리였고 발판이었다. 메이지유신(明治維新)으로 국운이 급상승한 일본 역시 예외는 아니었다. 상승하는 국운을 바탕으로 대륙으로 진출하려는 일본에게는 희생자가 필요했다. 그것이 바로 한반도였다. 메이지유신 당시 일본의 세력과 위력은 대단한 것이었다. 그러나 국내의 정비가 완전히 완성되지 못하였던 때라 불가불 국내적인 불안을 나라 밖으로 돌리는 조치가 필요했다. 그러니까 그 당시 일본은 국내적인 불안을 없애는 한편 나라 밖으로의 팽창을 위한 첫 번째 단계로서 한반도로의 진출을 도모한 것이다.

1875년 일본은 조선 연해를 측량한다는 구실로 강화해협으로 들어오다 우리의 포격을 받자 이에 응사하여 초지진을 점령했다. 이른 바 운요호사건이다. 당시 서양의 통상적인 예로 보나 국제법상으로 보나 남의 나라의 연해를 측량한다는 것은 그 나라의 주권을 무시하는 행위라는 것을 모를 리 없는 일본이었지만, 일본은 이러한 공공연한 해적행위를 통해 우리를 위협했다. 교섭 도중 일본은 청나라 정부의 허가나 동의 없이는 조선의 조정이 말을 듣지 않는다는 것을 알고, 청나라에 공사를 파견해 청나라로 하여금 조선을 설복시키도록 요구했다. 엄연히 우리 땅이고 엄연히 우리의 산하였지만 남의 눈치와 남의 동의를 얻어야만 나라 일을 결정할 수 있는 서글픈 일이었다.

당시 조·일수교조약을 체결함에 있어서도 조·일 두 나라 임금의 호칭을 놓고 분한 일을 겪었다. 일본이 내놓은 초안에는 '조선국왕 전하', '대일본국 황제 폐하'와 같이 군주의 위호(位號)를 사용

했다. 그런데 대(大)자는 일본의 경우에만 허용되었다. 조선은 이것이 대등의 예에 어긋난다고 반대했다. 그리고 군주의 위호 대신 국호만 쓸 것을 주장했다. 논쟁 끝에 조선의 제안이 받아들여졌지만 조선이 반대한 이유 중의 하나는 청나라에 대한 예절을 다하고 있는 때라 청나라의 황제와 같이 조선황제라고 떳떳하게 부를 수 없었기 때문이다. 일본과의 교섭을 마치고도 이를 청나라 조정에 보고하는 형식을 취해야 했다. 내 나라 문제를 내 나라가 결정하는 대신 청나라에 기대야 했던 어처구니없는 모습이다.

심지어 일본과 조약을 체결함에 있어서도 국제법상 조선의 지위가 너무 애매하여 나라로서의 국제법상의 지위가 불확실했다. 해서 일본으로서는 조선이 외국과의 조약을 체결할 수 있는 능력이 있는 독립국임은 의심할 여지가 없다는 해석을 내리고 이 점에 대해서 청나라 정부의 승인을 요구하였던 것이다.

한반도 역사상 최초의 불평등조약인 강화도조약의 제1조는 "조선국은 자주지방(自主之邦)으로서 일본국과 평등권을 보유한다"이다. 이는 조선의 국제법상의 지위를 명백히 하는 데 그치지 않고, 일본에 대한 외교적 차별을 없애고 두 나라 사이의 평등권을 확실히 보장한다는 것이 그 목적이었다. 왜냐하면 우리나라는 비록 청나라에 대해서는 섬기는 예절을 다하지만 일본을 외교적으로 차별해 왔기 때문에, 메이지유신 이후 일본의 세력이 나날이 발전하자 이 문제가 언제나 말썽이 되었던 것이다. 조선을 독립국으로 하는 것이 목적이 아니었다. 이 조항의 진짜 노림수는 두 나라 사이의 평등권이라는 허울 좋은 명분을 통해 한반도를 청나라의 영향으로부터 분리시켜 놓으려는 것이었다.

3. 러시아, 청나라, 미국의 식탁에 올라온 조선

미국이 처음으로 조선과 통상의 움직임을 보인 것은 1845년이었다. 이 해에 미국 하원에서는 조선과의 통상조약 체결을 권고하는 결의문이 제기되었으나 통과되지 못하고 오랫동안 방치된 상태였다. 그러나 미 해군 당국은 영국과 프랑스 두 나라가 극동 방면으로 나오는 데 대해서 예민하게 신경을 쓰고 있었다.

1878년 가을, 미국 군함이 아프리카 서쪽 해안을 향해 출발하면서 세계일주의 길에 오른다. 이 군함이 페르시아 만을 지나 홍콩을 거쳐 일본의 나가사키에 이른 것이 1880년 봄이었다. 이때 그들의 사명 중 하나가 조선의 개방이다. 당시 그들은 해군성으로부터 다음과 같은 훈령을 받고 있었다.

"조선의 항구를 방문하고 평화적 수단으로 그 나라 정부와 담판을 시도하라. 그리고 1871년 미국 사령관 로저스가 강화도를 공격하였던 사건에 대한 충분한 설명이 필요할 것이니, 그 나라 정부에 대해 적당하고 유화적인 방책으로 나가면 그 나라의 여러 항구를 미국의 상업을 위해 열어 줄 듯하니 귀관은 이 목적의 달성을 위해서 특별한 고려가 있어야 한다."

쉽게 말해 미국의 이익을 위해 조선과 통상을 체결할 것이며 이를 위해 강화도 공격 사건을 잘 활용하라는 얘기였다. 물론 이러한 훈령은 국무성의 승인을 받은 것이었다. 국무성은 이미 조선과 수호조약을 체결한 일본을 사이에 넣어 교섭을 꾀했지만 일본의 중재 역할은 성공적이지 못했다. 성공적이지 못했다기보다는 오히려 교섭을 중간에서 틀었다고 보는 것이 좋을 것이다. 일본은 조선과 미국 사이의 수교에 열을 내지 않았다. 일본은 이미 형식적이나마 한반도를 청나라의 손에서 떼어 놓은 상황이었고 더는 제3자의 개입을 허락하고 싶지 않았던 것이다. 미국의 힘에 눌려 방해를 하지는 못했지만 외국과 사귀기를 싫어하는 우리 정부의 태도를 구실 삼아 적극적인 주선을 하지 않았고, 사태가 이렇게 전개되자 미국은 이번에는 청나라의 주선을 요청한다.

이때 청나라에 사절로 간 슈펠트(Robert W. Shufeldt) 제독이 본국에 보낸 편지 내용에 다음과 같은 글귀가 있었다.

일본의 계책은 조선의 상업을 독차지하려는 것이다. 일본은 치외법권을 가지고 조선을 지배한다. 일본은 자기 나라에서 외국 사람이 날뛰는 것을 몰아내려 하며 또 이와 같은 방식을 힘이 약한 이웃 나라에서 더욱 철저히 실행하려 하면서도 그것을 외국인에게는 감추려 한다.

여기에서도 한·미 수교에 대한 일본의 소극적인 태도를 엿볼 수 있다.

미국이 조선과 통교하려는 뜻을 알아차린 청나라에서는 이 문제를 논의하자며 슈펠트에게 초청장을 보낸다. 그 결과가 1890년 8월 26일 톈진(천진)에서의 슈펠트와 리훙장(이홍장)의 회동이다. 그렇다면 리훙장이 슈펠트에게 이처럼 호의를 베풀었던 이유는 무엇일까. 당시 청나라는 러시아의 남진정책에 비상한 위협을 느끼고 있었다. 해서 슈펠트 같은 군인을 맞아 청나라의 러시아를 상대로 한 해군 조직 점검과 그 훈련을 꾀하려 한 것이 첫째 이유다. 물론 진짜 목적은 일본이 한반도를 독차지하려는 욕심을 미국을 통해 막아 보려 한 것이다. 미국은 먼 데 떨어져 있는 나라이기 때문에 영토에 대한 야심은 없으리라고 생각했던 것이다.

여기서 우리가 잊어서는 안 될 것은, 슈펠트와 리훙장의 회담이 당사자인 조선의 의사와는 무관하게 이루어졌다는 것과, 조약을 토의하는 데 있어서 조선의 초안을 청나라에서 적당히 뜯어고친 것이었다는 사실이다. 그러나 무엇보다 중요한 것은 한·미 수교를 주선하면서 조선이 청나라에 속한 나라임을 국제적인 공문서에 확실히 밝히려 하였다는 점이다. 조선 측의 초안을 가지고 심의할 때에 청나라는 그 첫 조항에서 조선은 중국에 속한 나라란 말을 집어넣으려고 무척 애를 썼다. 그러나 슈펠트는 이미 1876년 조선과 일본과의 병자수호조약 당시 그 첫 조항에서 조선은 자주국이라고 되어 있는 이상 중국의 속국이라 하는 것은 전례에 위배된다고 반대하여 문제가 심각해진다. 미국이 강경하게 나오자 리홍장도 조약문에 속국 운운이 불가능함을 알았지만 조약 본문에 곁들인 부속문서에 또다시 조선이 중국의 속국임을 밝히려고 끝까지 애썼다.

슈펠트와 리홍장의 명령을 받은 마젠충(馬建忠)이 조선정부와의 조약 교섭을 위해 인천항에 들어왔다. 조정에서는 신헌(申櫶)을 정식 대표로, 김홍집(金弘集)을 부대표로 임명하여 교섭에 나선다. 마젠충은 조선과 중국 두 나라는 지배-종속 관계임을 널리 알릴 것을 소홀히 해서는 안 된다며 신헌을 압박했다. 신헌은 자기 권한 밖의 일이므로 임금과 상의해야 한다고 대답하며, 이미 조선은 중국을 섬긴 지 300년이 된다고 말한다. 마젠충은 기회를 놓칠세라 호주머니에서 「조회의고(照會擬稿)」라는 글월을 내밀면서 이를 조선왕이 미국 대통령에게 전하도록 이른다. 조선이 비록 중국의 속국이나 국내정치와 외교는 자기의 책임 하에 하는 것이라고 미국 대통령에게 알리라 한 것이다.

이렇게 해서 1882년 5월 22일, 제물포에서 조·미수호통상조약이 체결된다. 조약은 전문 14조로 조선과 중국의 종속관계를 나타내려던 조항만 빼고 사실상 중국 측의 초안대로 진행되었다. 종속관계 관련 부분은 「조회의고」를 조선왕이 미국 대통령에게 보내는 것으로 간접적으로나마 성공시켰다.

문제는 여기에서 그치지 않았다. 수호조약에 따라 외교관을 교환하게 되자 조선왕은 초대 공사로 박정양을 임명했다. 박정양은 국서(國書)를 모시고 미국으로 떠나려다 청나라의 항의를 받고 다시 돌아온다. 외국에 사신을 보내면서 청나라 조정과 의논이 없었다는 이유였다. 여기서부터 시작해서 청나라는 박정양 공사가 미국에 머물러 있는 한 해 동안 온갖 간섭을 다하며 상전 행세를 했다. 한반도가 세상에 널리 알려진 땅이 되고 또한 지리적으로도 여러 나라가 노리는 상황이 되자 청나라는 조선을 확고히 장악하지 않으면 안 된다고 생각한 모양이다.

1882년의 한·미 수교를 계기로 유럽의 여러 나라가 줄지어 찾아왔고, 한반도의 형세는 말 그대로 도마 위의 고깃덩이를 사방의 개들이 노리는 형국이었다. 1882년 이후 청·일전쟁에 이르기까지는 극동의 형세는 비교적 평화로웠다. 그러나 그 평화는 어디까지나 전쟁의 구름을 머리 위에 짊어진 위태위태한 평화였다.

러시아와 친한파가 세력을 쥐고 한·러 조약에서 원산을 석탄 저장소로 러시아에 제공한다는 풍설이 돌자 영국은 그 즉시인 1885년 4월 우리 거문도를 점령한다. 이 무단점령은 우리 정부의 항의를 무시한 채 1887년 2월까지 계속되었다. 이때 우리 정부는 미국 정부에 문제 해결을 부탁하였으나 거부당하고 만다.

이상과 같은 사태만 보더라도 한반도가 극동의 국제 정국에서 어떠한 상태에 있었던가를 충분히 알 수 있을 것이며 한반도에 대한 강대국들의 태도를 짐작할 수 있다. 미국의 모겐소(Henry Morgenthau Jr.) 교수가 "한반도가 어느 한 나라의 압도적인 세력 밑에 있을 때만이 극동에 평화가 유지되었다"고 한 것은 어떤 의미에서는 정확한 지적이었다. 반대로 우리는 조선이 그 어느 나라의 세력 밑에도 놓여 있지 않으며 한반도의 완전한 독립만이 극동의 평화를 가져온다는 것을 세계에 증명해야 할 처지였다. 그러나 결과는 우리가 아는 대로다. 청나라 세력은 물론이고 일본이나 러시아의 세력까지도 물리칠 수 있는 겨레의 단결과 지도층의 깨달음이 있어야 했음에도 불구하고 우리는 강대국들이 세력을 넓히는 데 필요로 하는 발판이 되었고 그 희생물이 되었다. 만약 그 당시 우리나라의 지도층들이 민족국가의 발전을 위한 시대적인 사명의식을 깨닫고 근대화를 위한 국민적인 노력과 지지를 얻기 위한 과감한 사회개혁에 나섰다면 오늘과 같은 비극의 씨는 뿌려지지 않았을 것이다.

이미 극동에는 전란을 예고하는 검은 구름이 감돌고 있었다. 조선의 지도층은 러시아의 남진정책에 위협을 느꼈으며 러시아의 첫째 목적이 한반도의 점령임을 간파하고 있었다. 이에 대한 방책으로 청나라와 친하고 일본과 맺어지며 미국과도 관련돼야 한다(친중국親中國, 결일본結日本, 연미국聯美國)는 것이 당시의 지배적인 인식이었다. 물론 나라를 집어삼키려는 침략적인 세력이 호시탐탐 우리 겨레를 노린다면 이를 막기 위해서 남의 나라 힘을 빌릴 수도 있다. 다른 나라와 동맹을 맺어 침략세력을 막는 방법도 나쁘지 않다. 진정 겨레와 나라를 위하는 길이라면 일본도 좋고 청나라도 좋고 미국도 좋다. 나라를 위하고 겨레를 위하는 길이라면 무엇이라도 나쁠 것은 없다. 그러나 여기서 잊지 말아야 할 것은 책임의식과 주체적인 정신이다. 비록 조선의 지정학적인 위치가 어려운 자리에 있고 그 당시의 대외적인 여건으로 불가불 외국세력의 각축장이 되었다 하더라도 반드시 이 겨레가 고된 역사의 길을 걷고 외세 침략의 희생이 되어야 한다는 법은 없는 것이다. 역사는 인간의 주체적인 노력과 의욕으로 얼마든지 극복할 수 있는 것이다. 나라를 지켰든 잃었든, 민족의 문화를 향상시켰든 퇴보시켰든, 우리 역사에서 책임을 질 사람은 다름 아닌 우리 겨레이며 한국 국민인 것이다.

물론 근래 들어 역사에서 환경을 중시하는 주장이 무성하여 인간이 마치 단순한 환경의 산물인 것처럼 생각하는 일도 있으나 그것은 주인과 나그네를 바꿔 생각하는 꼴이다. 우리 역사에 대한 책임은 궁극적으로 청나라 사람에 있는 것도 아니요 일본 사람에게 있는 것도 아니요 러시아나 미국 사람에게 있는 것도 아니다. 겨레가 주체성을 상실하고 바람이 부는 대로 동쪽으로 서쪽으로 이리 밀리고 저리 밀리면서 끊임없이 침략을 받아 온 책임은 당시 겨레의 운명을 짊어진 조선의 지도층에게 있었다. 조선의 지도층에게 겨레에 대한 책임의식과 주체의식이 확고하였다면 이러한 비극과 어려움을 겪지는 않았을 것이다. 물론 한국의 주권을 무시하고 그들의 구미에 맞게 한국을 요리해 먹으려는 외국의 침략세력을 시인하자는 것은 아니다. 다만, 우리의 역사는 우리의 것이며, 당연히 우리가 결정해야 하며 우리가 책임을 져야 한다는 것을 강조한 것뿐이다.

4. 영국과 미국의 공식적 승인으로 이루어진 을사늑약

1892년과 1905년에 걸친 두 차례 영·일동맹과 1905년 포츠머스의 러·일강화조약은 한반도의 운명을 결정지었다. 국제적인 승인하에 한반도는 일본의 지배 아래로 들어갔지만 우리 국민과 고종황제만 이 사실을 몰랐다. 정말이지 어이없는 일이 아닐 수 없다.

당시 극동 정세를 살펴보자. 미국은 중국대륙에 시장을 개척하기 위해 막 뛰어든 참이었고 세계의 패권은 아직 대영제국이 쥐고 있었다. 영국이 좌지우지하고 있던 극동에 새롭게 도전하고 나선게 바로 러시아다. 러시아는 중앙아시아와 극동에서 영국의 패권을 위협하는 유일한 강국이었다. 영국은 아편전쟁 이후 본격적으로 중국대륙에 진출하기 시작했고, 그 뒤를 이은 게 프랑스와 독일이다. 러시아가 남쪽으로 내려오기 시작했던 것도 이 시기다.

이러한 때 특히 주목을 끈 것은 새로 일어나 날로 약진을 거듭하는 일본의 세력이었다. 영국이 일본을 동맹국으로서 고려한 것은 그렇게 오래된 것이 아니었고 청·일전쟁에서 일본이 승리한 이후의 일이다. 그러나 시모노세키조약(1895)에 의해 일본이 청국으로부터 얻은 랴오둥 반도를 러시아, 프랑스, 독일 세 나라에게 토해 내고 랴오둥 반도와 청나라 땅을 세 나라가 공동으로 나누어 먹으려 들자, 고립정책으로 일관해 온 영국도 극동에서 지팡이를 찾지 않을 수 없게 되었다. 러시아, 프랑스, 독일 세 나라의 연합은 극동의 정세를 뒤바꿔 놓을 우려가 있었음은 물론이요, 중국대륙에서의 영국의 이익이 침해될 가능성이 짙었던 것이다. 비록 세 나라의 압력에 못 이겨 피 흘려 얻은 땅을 내놓지 않을 수 없었던 일본이긴 하나 이미 청·일전쟁으로 그 실력을 보인 일본은 영국의 다시없는 동맹자가 되기에 충분했다. 더욱이 러시아, 프랑스, 독일 세 나라에 대한 공동 방위의 입장에서나 이해관계로 보아서나 영국과 일본 두 나라가 동맹을 맺는 것은 자연스러운 일이었다.

　영국이 일본과 동맹을 추진하게 된 것은 러시아의 압력에 대항하기에 청나라가 너무나 힘이 없었기 때문이었다. 러시아, 프랑스, 독일 세 나라가 뭉치는 데 놀란 영국은 일본을 끌어들이기 위해 일본에게 그만 한 대가를 지불해야만 했다. 이럴 경우 강한 나라들이 약한 나라를 희생양으로 삼아 동맹을 맺거나 전쟁을 피하려 하는 것은 예나 지금이나 다름이 없는 상투적인 수단이다. 이렇게 영국과 일본 두 나라의 이해가 일치하는 점에서 이루어진 영·일동맹은 조선과 청나라의 독립을 인정하며, 분쟁이 일어날 경우 영국과 일본 양국은 각자의 이익을 보호하고 제3국의 침략적 세력을 인정하지 않기로 한다. 조선의 독립을 승인한다고 해 놓고도, 다른 한편으로는 조선에 대하여 일본이 간섭할 수 있도록 조건을 만들어 놓고 있는 것이다. 도대체 다른 나라의 독립을 인정한다고 하는 것부터가 우리나라로서는 기분 좋은 소리가 아닌 데다, 독립을 인정하는 동시에 내정을 간섭할 수 있도록 조건을 만들어 놓았으니 참으로 어이없는 일이라고 하지 않을 수 없겠다.

이렇게 영국과 일본 사이에 맺어진 동맹은 러시아에게 크나큰 위협으로 작용한다. 러시아는 몇 년 전 러시아, 프랑스, 독일 3국이 한데 뭉쳐 일본이 차지한 랴오둥 반도를 토해 내게 하고 만주에 러시아의 세력을 뻗친 때와 같이 이번에도 또다시 세 나라가 공동으로 나서 해양국인 영국과 일본에 대항하려 한다. 그러나 독일은 여기서 빠졌고 러시아와 프랑스만이 영·일동맹에 항의하는 공동성명서를 발표한다. 이처럼 러시아와 프랑스가 항의를 하였음에도 불구하고 일본은 대영제국이라는 당대의 가장 힘센 나라와 동맹을 맺게 된 기회를 이용, 미국의 재정 원조를 뒷받침으로 러시아와 한번 겨루어 볼 채비를 한다.

한편 러시아는 랴오둥 반도에서 일본을 물러나게 한다는 구실 밑에 만주 일대에 주둔시킨 군대를 철수시키지 않고 그대로 두는 동시에, 청나라 정부에 대한 일곱 가지의 새로운 요구사항을 제시한다. 이 요구사항 가운데는 만주의 어떠한 부분도 다른 나라에 빌려주거나 물려주거나 또는 팔아 버리지 말 것과 만주의 새로운 항구와 도시를 열어 놓지 않을 것 등이 포함되어 있었는데, 청나라가 문을 열기만 바라고 있던 영국, 일본, 미국 세 나라가 이를 가만히 앉아서 보고만 있을 리가 만무했다. 영국, 일본, 미국의 세 나라는 러시아에 대해 항의 표시를 하였으나, 러시아는 오히려 1902년 4월 조선 정부에 대해 1892년에 얻은 산림 이권의 행사를 알려왔으며 또한 5월 상순에는 압록강 입구의 용암포 일대 지역을 점령하기에 이른다. 이렇게 러시아의 태도가 돌변한 것은 러시아 내부의 주전파(主戰派)가 늘어난 증거인 동시에, 다른 한편으로 이것은 러시아제국의 마지막을 재촉하는 결과를 가져온다.

　러시아의 적극적인 남하정책에 대해 가장 절실하게 영토적 이해관계에 있던 나라는 이미 한반도를 그의 세력 밑에 둔 일본이었다. 그다음이 청나라 본토에 자본을 들여서 상품시장을 유지하려던 영국이었으며, 미국은 청나라에서의 자본시장 개척이 뒤늦었으므로 만주 방면으로 그들의 세력을 진출시키고자 했다. 이러한 영국, 일본, 미국 세 나라가 러시아가 남쪽으로 내려오는 것을 막는다는 똑같은 입장에서 일본을 앞장세워 싸우게 한 것이 바로 1904년의 러·일전쟁이다. 조선의 입장에서 보면 러·일전쟁은 조선의 지배권이 완전히 일본으로 넘어간 사건이다. 일본으로서는 러·

일전쟁이 근대화를 달성한 후 시도한 두 번째의 큰 싸움이었다. 1894년의 청·일전쟁은 어떤 의미에서 보면 실패했다고 볼 수 있으나 이 러·일전쟁은 일본이 군국주의 제국으로 도약하는 발판이 되었다.

미국은 러시아의 만주에서의 세력 팽창을 막기 위해 러·일전쟁에 필요한 재정을 일본에 제공했다. 비유하자면 밤[栗]은 일본이 굽게 하고 그 군밤을 미국이 먹을 수 있다고 생각했던 것이다. 미국의 루스벨트 대통령은 일본이 미국을 위해 미국 돈으로 만주에서 싸우고 있다고 믿어 의심치 않았다. 이러한 정치적인 뒷면이 있는 러·일전쟁은 루스벨트 대통령의 위협적인 중재로 마무리되었는데, 이것이 1905년의 포츠머스강화조약이다. 러시아는 한반도와 만주에 대한 일체의 권리를 일본에 양도하며 사할린마저 일본에게 넘겨줄 수밖에 없었다.

이보다 앞서 영국은 전쟁에서 이긴 일본과의 관계를 좀 더 긴밀하게 가져가려고 했다. 일본이 조선에서 가지는 정치적, 경제적, 군사적 이익을 보장하는 대신 영국의 인도 지배 및 국경지역에서의 이익을 옹호하는 조치를 인정받은 것이었다. 이것이 소위 2차 영·일동맹(1905)이며, 우리나라가 일본과 을사늑약을 맺기도 전에 이미 영국은 일본에 대하여 '조선 보호권'을 보장했던 것이다.

여기서 잠깐 루스벨트 대통령 당시의 극동 정책을 살펴보자. 루스벨트 대통령이 러·일 사이에서 중재 역할을 한 이유는 러·일 간의 직접 교전을 막고 이들의 적대행위가 미국의 이익을 침해하는 쪽으로 흐를 것을 염려하여 이미 영국과 동맹관계에 있는 일본에 호의를 베풀려고 했기 때문이다. 이런 내용은 당시 미국의 루스벨트 대통령이 태프트 육군장관에게 보낸 전문 가운데서 "미국은 일본의 조선에 대한 통치권을 인정한다"('가쓰라−태프트 밀약')라는 내용을 보면 알 수 있다. 이는 미국이 조선과 만주에 대한 시장 개척에 끼어들려는 노력으로 볼 수 있다. 이러한 미국의 정책은 강화 직후 만주철도의 설치권 요구와 1909년 녹스 미 국무장관의 만주철도 중립화 안(案)에서 확인할 수 있다. 그러나 이 만주 문제 때문에 미국은 일본과 대립하기 시작했고, 이 대립은 결국 제2차대전으로 이어진다.

5. 악마의 38선과 미 · 소 양국의 엇갈린 셈법

흔히 38선이 1945년 9월 2일자 맥아더 사령관의 '일반명령 제1호'로써 마련된 것으로 알고 있지만, 이는 당시 미 국무차관 웨브의 미국 하원 외교분과위원회에서의 증언을 토대로 한 것이며, 실은 얄타회담(1945. 2)에서 이미 미·소의 남북한 점령이 결정되었고 구체적인 점령 경계선으로 38선이 정해진 것은 포츠담회담(1945. 7)인 것으로 여겨진다. 그 근거는 얄타회담의 내막을 캐어 봄으로써 알 수 있다.

미국 대통령비서실외교문집을 통해 이를 살펴보면, 한국 문제에 관한 미 국무성의 잠정적인 견해를 토의해야 할 안까지 미리 정했는데, 대략 적어 보면 다음과 같다.

한국 문제에 관한 연합국 상호 간의 협의 의제

1. 한국에 대한 군사점령에 참여할 국가
2. 한국 내 과도적인 국제관리 행정기구 또는 신탁통치를 결정할 때 참여하게 될 국가

토의

한국의 독립 달성에 관한 공동행동은 다음과 같은 이유에서 중대하고도 필요하다.

(1) 중국 및 소련은 한국에 인접해 있으며 한국 문제에 대해서도 전통적인 이해관계를 가지고 있다.
(2) 미·영 및 중국은 '카이로선언'에서 적당한 과정을 통해서 한국을 독립시킨다고 약속한 바 있다.
(3) 어느 단일 국가에 의한 한국의 군사점령은 심각한 정치적 반응을 야기할지도 모른다.

소련이 단독으로 한국에 머물러 군정의 책임을 지게 될 경우엔 중국이 좋아하지 않을 것이며, 반대로 중국이 지게 될 경우엔 소련이 좋아하지 않을 것이다. 따라서 우리(미국)는 다음과 같은 견해를 갖는다. 즉, 한국에서 군사작전이 완료되는 즉시 점령 및 군정은 중앙집권적 행정원칙에 따라서 가능한 한 연합국의 각 대표가 파견되어야 할 것이다. 그리고 연합국의 여러 대표의 수는 미국의 실권에 지장이 없을 정도로 유지되어야 한다.

즉, [(1)은 생략-박정희] (2) 소련의 일본에 대한 전쟁 참가는 한국에 소련군 진출을 초래할 것이며 그것은 점령군 구성을 결정하는 데 중요한 요소가 될 것이다. (3) 한국에 대한 소련의 전통적 관심은 설사 소련이 태평양전쟁에 참가하지 않더라도 한국 군사점령에 참여하고자 할 가능성을 보이고 있다.

다음 신탁제도나 과도정부가 내세워질 경우에도 미국, 영국, 중국 및 소련은 자연히 이 과도정부에서 적극적인 역할을 하게 될 것이다. 극동에 있어서 소련의 입장으로 미루어 소련의 태평양전쟁 참가 여부를 막론하고 이 과도적 국제관리(신탁통치)에 소련 대표를 참가시키는 것이 유리할 것이다.

이상은 당시 '얄타 비밀회담'에 임하는 미국 정부의 태도를 간단히 요약한 것이다. 곁들여 말하자면 루스벨트 정부는 소련이 일본과의 전쟁에 참가한다면 소련군이 한국에 들어올 것은 당연한 것으로 생각하고 있었으며, 따라서 전후의 신탁통치에도 적극적인 역할을 기대하고 있었다. 또한 소련이 일본에 대한 전쟁에 참가하지 않는 경우라도 소련은 전통적으로 한반도에 관심을 가지고 있으므로 한국 군사점령에 참여하려 할 것임을 인정하고, 신탁통치에 있어서는 소련 대표를 참가시키는 것이 오히려 유리할 것이라고까지 말하고 있다.

루스벨트 대통령은 전세 판단을 잘못하여 일본과의 전쟁에서 소련과의 공동작전을 해야 할 필요성만을 생각하고 있었던 것 같다. 이러한 태도로 임했던 얄타 비밀회담에서 38선과 관련된 한반도 점령에 관한 토의와 합의가 없었다고 하면 삼척동자라도 믿지 않을 것이다. 다만, 이 회담에서 38선 자체를 정했느냐 하는 것은 확실치 않다. 당시 소련은 유럽 전선과 아시아 전선이라는 양면작전 수행의 어려움과 러·일 중립조약을 핑계 삼아 일본과의 전쟁을 늦추고 있었기 때문에 전쟁 참가를 결정한 포츠담회담에서야 38선을 점령 경계선으로 정했을 수도 있다. 프랑스 외교사학자 드로셀은 얄타에서는 미국이 남한을, 소련이 북한을 점령한다는—소련이 일본과의 전쟁에 참가할 경우—것에만 뜻을 같이하고, 실제 전쟁 참가를 논의한 포츠담회담에 가서야 구체적으로 38선을 군사 점령 경계선으로 정했음이 틀림없다고 주장한 바 있다.

'38선'은 이전에도 논의된 전례가 있다. 러·일전쟁 이전에도 제정 러시아와 일본 사이에 38도선 또는 39도선을 경계로 서로의 세력범위를 긋자는 교섭이 있었다. 이러한 역사적인 경험이 협상에 고려되었을 것도 분명한 사실이다.

이상에서 대강 살펴본 바와 같이 38선이 단순히 미·소 양군의 주둔과 점령을 위한 것이 아닌, 당시 중국과 만주 그리고 조선을 포함한 극동에서 미·소가 작전을 수행하는 데 거의 고정적인 작전 경계선으로 정해졌다고 전제할 경우, 38선의 설정은 그 본질이 '군사적'이라는 결론을 내리지 않을 수 없다. 따라서 8·15해방 후 한국의 운명을 결정하는 미국의 한국에 대한 정책도 그 핵심적 성격은 '군사적'이었다.

그러면 언제 이러한 군사적 정책이 없어질 것인가 하는 문제는 미국과 소련 사이의 한반도 그리고 극동 정세 전체에 있어서의 군사적 이해관계가 합의되지 않는 한 계속되리라고 봐야 할 것이다. 물론 2차대전 후 오늘날까지의 전후 역사를 살펴보면 한반도에 대한 고려는 전쟁이 끝남과 더불어 군사적인 측면과 정치적인 측면이 겹쳐진 것이 사실이다. 그러니까 군사 경계선으로서의 38선은 제정 러시아 이래 남하정책을 추구해 온 소련으로 하여금 한반도에 있어서 자기 나라의 군사 작전지역으로서의 지위가 위협을 받지 않는 정치질서의 수립을 통해 사상적 침략 수법까지 겹친 극동 적화(赤化)의 발판을 마련하였으나, 미국은 일본에 대한 작전 수행과 점령 뒤처리에 골몰하여 소련의 침략에 대비할 겨를이 없었다고 할 수 있겠다. 모스크바에서 열린 세 나라 외무장관회의(모스크바 3상회의, 1945)에서 한국 문제를 논의하였을 때 무엇보다도 한국과 이해관계가 긴밀한 중국을 참가시키지 않았다는 것이 그 증거다. 미·소공동위원회를 한국에 머물러 있는 두 나라 사령관들로 구성한 것 역시 한국의 독립이 가져올 미국과 소련 두 나라의 한국에 대한 영향을 고려한 끝에 나온, 군사적으로 큰 갈등 없이 문제를 해결하려는 원칙적 입장의 결과다. 더구나 그때는 얄타 비밀협정에서 뤼순(여순) 항을 소련의 군항으로 사용하기로 한 이상 중국이나 미국으로서는 큰 위험이 아닐 수 없었다. 비록 만주를 소련에 내준다 하더라도 중국대륙이나 최소한 중국의 연안지역에서는 소련의 진출을 막아 이를 확실히 지키지 않으면 안 되었다. 따라서 38선은 중국대륙과 만주에서 아직 확고한 세력관계가 굳어지기 전에 있어서 하나의 기준적인 역할을 하였던 것이다.

이상에서 본 대로 미국과 소련 두 나라가 한반도를 대하는 성격은 군사적인 것이었고, 특히 소련은 극동으로의 진출과 정치적 팽창을 위해 더더욱 군사적 성격을 띨 수밖에 없었다. 미국 입장에서 중국대륙이 공산화된다는 것은 2차대전에 미국이 참가하지 않으면 안 되었던 것보다 더 중대한 사태다. 중국이 소련과 같은 공산 지배 하에 들어가는 것을 어떻게든 막아야 한다는 얘기다. 일본 점령에만 골몰했던 미국이 한국의 반쪽을 포기한 결과가 불과 5년 후 6·25전쟁이라는 막대한 부담으로 돌아온 경험도 앞으로의 정책 결정에 주요하게 작용할 것이다. 이런 관계를 종합해서 우리는 미국의 일본에 대한 정책과 한국에 대한 정책을 보지 않으면 안 된다.

38선에 얽힌 우리 겨레의 운명은 매우 중요한 것이며 공산 침략의 전조가 이미 해방과 더불어 보인 것은 겨레의 자각을 촉구하는 중요한 시사점이라 할 수 있겠다.

6. 6 · 25전쟁에 대가 없이 참여한 자유의 16개국

미국에게 38선은 정치적인 분할선이 아닌 어디까지나 군사적인 분할경계선의 성격이었다. 그래서 미국은 38선을 기준으로 한반도의 영원한 정치적 분할을 기도한 것이 아니었으나, 소련의 입장은 그렇지 않았다. 소련군 사령관은 38선을 군사적인 경계선일 뿐만 아니라 남북한의 정치적 경계선으로 바꾸어 해석하였고 일체의 남북 간 행정을 끊고 더 나아가 정치적으로 한반도 전역에 걸친 공산화를 끊임없이 기도한다. 이런 야심을 품고 있는 소련을 상대로 남북 통일정부 수립을 교섭해 봐야 실패로 돌아가고 말 것은 너무나 자명한 사실이었다.

1945년 12월 모스크바회담에서 미국, 영국 및 소련은 통일된 한국정부의 수립을 위한 협정에 뜻을 같이했고, 이후 중국이 가세한 끝에 이 협정에 따라 두 개의 미·소 공동기관을 마련하기로 한다. 미·소 두 나라 군사령부의 대표로 구성된 미·소공동위원회는 남북한과 관련된 긴급한 여러 문제를 검토하고 행정적, 경제적 문제에 관한 양쪽 사령부의 조정을 위한 방안을 강구하는 역할이었지만, 소련은 애초부터 그 노리는 바가 달랐기 때문에 쉽사리 합의를 볼 수 없었다. 미국 대표는 두 쪽 난 국토를 통합하려고 애썼으나, 소련은 한국 문제를 행정적으로 완전히 다른 지역 간의 단순한 교환과 조정에 관한 것으로 보았던 것이다. 이렇게 양쪽의 견해가 달랐기 때문에 이 회의에서 합의된 것이 서신의 교환, 방송 주파수의 배정 및 군의 연락 등과 같은 사소한 문제에 그칠 수밖에 없었다. 민주주의적인 임시 한국정부 수립을 위한 조치를 취하기 위한 두 차례의 미·소공동위원회 개최가 한국의 통일을 가져오지 못한 채 깨지고 만 것은 당연한 일이다.

모스크바협정의 신탁통치 조항을 놓고 온 국민은 다함께 반대를 외친다. 심지어 공산 지배의 북한 동포까지도 반탁운동을 전개했다. 애초에는 좌익분자들까지도 반대 항의를 하였으나 소련 국제공산주의자들의 지령을 받고 하루아침에 찬성으로 돌아선 것은 우리가 익히 알고 있는 사실이다. 소련 측은 한국인들의 의견을 무시하고 한국 임시정부 수립 절차에 있어 모스크바협정의 모든 조항을 전적으로 지지한 한국의 정당, 사회단체에 한하여 위원회의 협의 대상으로 한다는 입장을 고수한다. 소련 측의 전략은 모스크바협정의 신탁통치안을 반대한 대다수의 한국 국민과 민주주의 세력을 빼 버리고, 신탁통치를 반대하지 않았던 소수의 공산주의자들을 우세한 입장에 놓으려는 것이었다. 반대로 미국은 비록 소련과의 모스크바협정에 합의하였다고 하나 협정 자체가 한국에 관한 것이니만큼 한국인들은 이 협정에 대해 그들의 의견을 표시할 권리를 가지고 있으며 소련 측의 입장을 받아들인다는 것은 언론 자유와 민주주의 원칙에 어긋나는 것이라는 견해를 보였다.

미국은 한국의 민주주의 독립정부 수립이 공동위원회를 통한 교섭으로는 불가능한 것을 알고 소련과 영국 그리고 중국에 모스크바협정의 조속한 실행을 위해 4개국 회의를 제안했으나, 소련은 그러한 회의마저 모스크바협정의 테두리에 속하지 않는다는 주장을 내세워 미국의 제안을 거부한다. 결국 미국은 소련과의 협상을 포기하고 1947년 9월 17일 한국의 독립에 관한 모든 문제를 국제연합(유엔) 제2차 총회에 제기하기에 이른다. 이에 따라 총회는 한국 독립의 절차를 규정하는 결의안을 채택하였고, 1947년 11월 14일 총회의 결의에 의해서 만들어진 위원단은 통일정부의 수립을 위해 소련 점령 하의 북한에 들어가려다 거부당하고 만다.

한반도 전체 선거 문제를 놓고 옥신각신 실랑이와 여러 차례의 투표 끝에 결국 유엔 감시 하에 남한에서만의 선거가 실시되어 대한민국 정부가 수립된다. 1948년 12월 12일 제3차 유엔총회는 대한민국을 한반도 유일의 합법정부로 인정했고 이후 미국을 비롯한 40여 개국이 대한민국을 합법정부로서 승인하였다.

그러나 북한정권은 1950년 6월 25일 이른 아침 소련의 스탈린,

중공의 마오쩌둥(모택동)의 조종에 따라 전면적인 무력침략을 감행한다. 유엔은 대한민국에 대한 이와 같은 공격을 평화를 파괴하는 침략행위로 보고 공산군의 적대행위의 중지와 38선까지의 철수를 요구하는 결의안을 통과시켰지만, 조직적이고도 계획적으로 침략을 감행한 북한이 이 결의를 순순히 받아들일 리가 없었다. 결국 유엔 결의에 따라 미국을 포함, 16개 나라가 한국전에 참가하게 된다. 안전보장이사회는 맥아더 장군을 유엔군 사령관으로 임명했고, 미국 이외의 15개 유엔 회원국은 통합사령부에 자국 군대를 파견하고, 5개국은 의료반을 파견하는 등 여러 나라들이 다양한 원조를 제공하였다.

　비록 중공군의 개입─소련군의 도움을 받아─으로 마(魔)의 38선이 그대로 남기는 했지만 처음으로 유엔의 깃발 아래 불법 침략군을 무찌르기 위한 공동작전이 실행되었고, 불법 침략행위는 반드시 격퇴시켜야 한다는 인류 역사의 새로운 희망과 상징이 6·25전쟁이었다. 만일 그 당시 국제공산주의 세력의 침략행위에 대해 공동전선을 펴지 못하였다면 극동의 평화 위협은 물론이요 공산주의 팽창 세력은 또 다른 유엔 평화 애호 국가에게 침략의 화살을 던졌을 것이다. 대한민국이 공산화되지 않도록 물심양면으로 돕고 직접 전쟁에도 참가해 준 유엔 회원국들의 공적이야말로 인류 역사상 길이 빛날 것이며, 그것은 온 세계 자유민에 대한 크나큰 희망이 될 것이다. '피의 능선', '철의 삼각지대', '임진강전투'는 물론 이름이 알려지지 않은 수많은 전투에서 우리와 어깨를 나란히 하며 피 흘린 그들이야말로 우리나라의 은인이다. 우리의 자유와 평화와 독립을 위해 싸워 준 회원국이야말로 피로 맺어진 우리의 우방이며 우리의 민족사에서 영원히 잊을 수 없는 훌륭한 행위라는 사실을 나는 믿어 의심치 않는다. 그들이 한국전에 참가한 것은 돈을 벌기 위해서도, 땅을 얻기 위해서도 아닌 평화와 자유를 위해서였다. 우리 국민은 아무런 대가 없이 피 흘려 싸워 준 그들의 행동에 대해 영원히 감사할 것이다.

7. 재편되는 국제정세와 미 · 일방위조약

미국의 극동 정책을 한국, 미국, 일본 세 나라와의 관계로 보면 1951년 9월 8일 샌프란시스코 제1차 방위조약 체결 전후로 시기 구분을 할 수 있을 것이다.

한국전쟁을 계기로 병참기지로서 일본의 중요성이 높아지게 되자 미국은 강화조약 이전의 일본을 그대로 군사기지로 사용하는 경우 등 여러 가지 문제를 고려한 끝에 소련의 반대를 무릅쓰고 강화조약과 동시에 제1차 방위조약을 체결한다. 그 결과 불완전하나마 일본의 국제법상 지위가 회복되고 나아가 일본이 극동 국제정치의 한 요인으로서 등장하게 되었다는 점에서 조약의 의의

가 자못 크다. 역사적으로 볼 때 일본이 부강해진 것은 그것이 우연이든 고의적이든 간에 한국의 희생이 필요했고, 2차대전이 끝난 후 일본 경제가 살아나는 데도 6·25전쟁이라는 한국의 희생이 필요했던 것은 우리 겨레로서는 너무도 역설적인 일이라 하겠다. 일본은 한국을 전방으로 하는 병참기지로서 군사산업 또는 군사 경기(景氣)를 중심으로 해서 발전했기 때문이다.

　미국은 세계정책 상 동맹국의 적극적인 참여가 필요했고 이에 따라 패전국인 독일과 일본을 각각 유럽과 극동에서의 파트너로 삼았다. 여기서 한 걸음 더 나간 것이 독일의 북대서양조약기구(나토) 가입과 일본과의 신(新) 미·일방위조약이다. 1960년 1월 19일 서명한 미국과 일본의 안보조약은 비록 형식은 1951년의 것을 뜯어고친 것이지만 실제에 있어서는 새로운 입장에서 다시금 조정된 동맹조약이라고 볼 수 있다. 제1차 안보조약은 전문(前文) 및 모두 5조로 되어 있으며, 조약의 중요한 내용은 일본이 미국에 기지를 제공하고 미국 군대의 주둔을 허용하며 주둔군에 대해 편의와 특권을 인정하는 것이었다. 그러나 제2차 조약은 전문과 모두 10조로 되어 있으며, 제1차와는 달리 일방적으로 미군 주둔과 기지 사용 허락의 수준을 넘어 적극적으로 군사적인 협력을 약속하고 나아가 전형적인 군사동맹 체제를 갖추었으며, 일본의 방위뿐만이 아니라 극동지역의 방위와 경제협력까지 약속하고 있다는 점에서 지대한 관심을 기울이지 않을 수 없다.

여기서 우리는 민족적인 입장에서 그 문제점들을 다시 생각하지 않을 수 없다. 왜냐하면 우리가 진정한 민주주의를 확립하기 위해서는 경제적인 발전이 반드시 필요하며 이에는 막대한 자금이 필요하기 때문이다. 그런 현실에서 본다면 미국의 돈도 좋고 서독, 이탈리아 돈도 필요하며 심지어 일본의 투자도 필요할지 모른다. 다만 문제는 일본의 투자와 경제협조다. 일본에 대해 우리가 어떠한 태도를 가져야 될 것인가 하는 문제는 까다롭다. 그러나 더 중요한 것은 그 돈은 우리나라 민주주의 생활조건을 향상시키는 데 사용되어야 하는 것이지, 외국 자본에 붙어 자기 나라 경제를 파탄으로 이끌고 겨레를 파는 돈이 되어서는 안 된다는 점이다. 만약 그런 돈과 투자라면 비록 그것이 산더미처럼 우리에게 들어온다 하더라도 우리에게는 필요 없는 돈이요 투자라는 것을 확실히 말해 둔다. 특히 여기서 내가 강조하고 싶은 것은 외국 자본의 도입이니 경제원조니 하는 미명 아래 국내에 새로운 외국의 정치세력이 들어오는 것을 언제나 민족적인 입장에서 경계하지 않으면 안 된다는 것이다. 이러한 문제에 대해서는 특별한 관심과 국가 조치를 취하지 않으면 안 될 것이다.

8. 러시아에서 소련으로 이어지는 악착스런 남하 정책

눈을 위로 돌리면 소련이라는 엄청난 괴물이 호시탐탐 한반도를 노리고 있다. 앞서도 말했지만 소련의 남하정책은 어제 오늘의 이야기가 아니다. 조선 말엽부터 제정 러시아는 남쪽으로 내려오는 정책을 끈질기게 고수했다. 혼자만의 힘으로 남하 진출 정책이 난망하자 프랑스와 독일의 힘을 빌려서라도 진출의 오랜 소망을 이루고 싶었다. 러시아, 프랑스, 독일 세 나라가 동맹하여 일본이 얻은 랴오둥 반도를 빼앗고 만주에 러시아의 세력을 심으려고 한 것이 바로 '붉은 곰'의 남하정책이 구체적으로 나타난 예라 할 수 있겠다. 제정 러시아가 한때 용암포에다 그들의 극동 침략의 발판으로서 포대(砲臺)를 쌓고 용암포의 산업상 특권을 요청한 것이라든가, 조선 말엽에 한국에 대한 그들의 세력범위를 38도선이니 39도선이니 하여 나눠 놓자고 했던 것, 그리고 극동 침략의 발판으로서 얼지 않는 항구를 얻으려고 했던 것 역시 같은 맥락이다. 그러나 한반도가 일본의 식민지로 들어가게 되자 그들의 오래된 남하 진출 욕망은 다음으로 미룰 수밖에 없었다. 그러나 극동의 얼지 않는 항구인 한반도를 손아귀에 넣으려는 꿈은 제정 러시아가 망하고 소련이 들어선 이후에도 조금도 변함이 없이 고스란히 계승되어 왔다는 것은 온 세계가 다 아는 사실이다. 얄타회담 당시 스탈린의 극동 정책에 대한 생각 역시 제정 러시아의 전통적인 남하 진출 욕망의 연장선상이었다.

물론 소련의 남하정책은 비단 극동뿐만 아니라 북유럽에서도 그러하였고 동유럽에서도 마찬가지였으며 발칸 반도나 중동 지역에 있어서도 그와 비슷한 진출의 뜻을 버린 적이 없다. 오히려 제정 러시아 시대보다도 더 끈덕지고 악착스럽게 침략적인 세력 확장을 기도하고 있는 것이 소련이라는 사실을 잊어서는 안 된다.

이러한 소련이 일본에 대한 전쟁 참가와 전후 처리를 논하게 되는 얄타회담이라는 더없는 호재를 놓칠 리가 없었다. 일본이라는 극동의 새로운 강자가 나타나 한반도는 물론이고 북만주와 북중국까지도 손아귀에 넣는 바람에 제정 러시아 시대부터의 오랜 소원인 남하 진출의 길이 막혔던 것이 그간의 사정이다. 그래서 제2차 대전 마지막 무렵 경쟁자인 일본을 물리치고 일본의 세력이 물러간 후에 생기게 되는 '새로운 진공 지대'에 파고들어 가기에 가장 적은 희생으로 가장 큰 성과를 거둘 수 있는 시기에 일본과의 전쟁에 참여한 것이다. 약삭빠른 소련은 일본이 항복선언을 하자마자 남만주 일대를 뒤덮고 북한에 들어온다. 제정 러시아 시대 때부터 끊임없이 품어 오던 남하 진출의 꿈을 비로소 이룬 것이다. 반면 미국은 한반도를 중심으로 한 정치적인 주요 원인의 파악과 전망에 대한 세심한 판단을 할 마음의 여유를 갖지 못했다. 미국의 주요 관심사는 오로지 일본의 점령과 일본의 전후처리였을 것이다. 이러한 측면에서 전후 진주군의 군사적인 경계선으로서 38선을 생각했다고는 할 수 있으나 한반도에 대한 정치적 지배를 강화하기 위한 자세한 계획은 없었다고 보여진다. 앞서도 말했듯이 소련은 그렇지 않았다. 소련은 38선이라는 군사경계선을 침략적인 세력의 확장을 위한 장치로 이해했고 사전에 꼼꼼하게 계획을 꾸몄다. 러시아 말을 잘 아는 한국 태생의 공산주의자들을 북한에 보내 우리 동포들을 사실상 공산주의 체제의 찍어낸 틀로 만들려고 갖은 애를 다 썼다. 이나라 역사를 바꿔쳐서 소련 공산당 역사로 만들어 냈으며, 사회 문화 전반에 걸쳐 민족적인 요소를 완전히 없애 버리고 '소련 공산사회'를 합리화하는 정치문화의 훈련소로 만들고 말았던 것이다.

이와 같이 소련은 38선이라는 군사분계선을 단지 군사적인 관점에서가 아니라 세계를 붉게 물들이려는 수단의 하나로 활용했다. 소련은 일본의 패망으로 한반도 북쪽에 그들의 오랜 남하 진출 정책을 달성하자 극동의 빈 지대, 특히 만주에서 그 야욕을 드러냈다. 그들은 일본과의 전쟁에 참가한다는 구실로 만주를 점령했고, 중공군으로 하여금 그 넓은 대륙을 차지하도록 도왔다. 그것도 부족하여 한반도 남쪽까지 먹어치우겠다며 벌인 것이 6·25전쟁이다. 이와 같은 극동 정세에서 어떻게 하면 대한민국이 자유롭고 평화로운 민주국가로서 발전할 수 있으며 내 나라 내 겨레와 내 강토를 어떻게 다시 찾을 수 있겠는가 하는 것이 민족사의 가장 큰 사명이라 하겠다. 이러한 군사적인 위협을 우리가 혼자 막아 내면서 자유와 독립을 유지하는 것은 현실적으로 거의 불가능한 일이다. 그래서 우리는 자유와 독립을 지키기 위해 미국과의 적극적인 유대를 맺지 않을 수 없으며, 더 나아가 미국을 비롯한 자유진영과의 군사적, 정치적 유대를 긴밀히 하는 것으로 우리 겨레가 살고 우리의 자유와 독립을 유지해야 할 것이다. 이는 자유와 독립이라는 원칙 하에 한민족의 자유민주적인 통일을 이룩하는 지름길이기도 하다. 그래서 이러한 자유진영과의 적극적인 유대와 협조를 전제하지 않고 통일한국을 말한다는 것은 이 겨레를 소련 공산당에게 파는 일이요, 대한민국을 북한 공산당에게 팔아넘기는 일이다.

왜 이 점을 강조하는가 하면, 선량한 북한 동포가 하루라도 빨리 공산당의 포악스런 정치에서 벗어나 한겨레가 서로 뭉쳐 독립과 자유를 누릴 수 있는 통일한국이 이룩되기를 간절히 바라기 때문이다. 북한 공산당의 계속적인 방해공작으로 비록 통일한국을 이루지 못하였지만 우리들은 북한 동포를 원망하지는 않는다. 북한이 자유와 민주의 원칙 하에 한국 통일을 방해해 온 것은 북한 동포의 뜻이 아니라 어디까지나 북한 공산분자의 뜻이요, 더 나아가 국제공산당의 책략이기 때문이다. 그러니까 우리의 적은 북한이지만 그 적은 북한 동포가 아니며, 진정한 적은 몇 안 되는 북한 공산당이요 국제 공산귀족계급인 것이다.

우리의 북쪽과 옆구리에 공산군의 막대한 병력이 있는 이상 대한민국의 자유와 독립은 극동 국제공산세력과 자유진영의 세력이 균형을 이루는 데서만 유지될 수 있다. 이러한 균형을 유지하기 위해서는 한반도 안에 강력한 미군의 군사력이 못박고 있어야 하며, 쌍방 군사력의 균형 가운데서만 우리의 민족적 독립과 자유를 견지할 수 있을 것이다.

이런 가운데 장차 우리의 민족적 자주성을 지키고 외교적 지위를 높이는 길은 무엇일까. 그것은 오직 우리 겨레가 잘살며 튼튼하고 자유로워야 하고, 민주적으로 발전되는 길 이외에는 다른 것이 있을 수 없다. 이러한 의미에서 우리의 자유와 독립을 유지하는 데 필요한 억센 군사력, 다시 말해 경우에 따라서는 남북한의 통일에 쓰일 수 있는 강력한 군사력을 유지 발전시켜야 함은 물론이다. 그런 의미에서 역사상 이제껏 우리 겨레가 이렇게 억세고 조직화된 군사력을 가져 본 적이 없다는 것은 참으로 다행스러운 일이다. 사회 경제적인 면에서도 우리의 체제가 북한 공산주의의 포악스런 정치체제보다 우월하며, 또한 모든 국민이 인간다운 생활을 할 수 있는 진정한 자유와 민주적인 부강과 번영을 이룩해야 한다. 현재 정부는 진정한 자유와 민주적인 부강과 번영을 이룩하기 위하여 모든 힘을 다해 장기 경제개발계획을 추진하고 있거니와, 또 한편으로는 북한 땅에서 국제공산당의 음모 분자를 물리칠 수 있는 일이라면 지금까지 손을 잡지 않은 중립주의 여러 나라와

도 유대를 모색하고 그들과 마음을 합칠 수 있는 기회를 넓히지 않으면 안 될 것이다.

04

제2공화국의 카오스

신·구파 분당과 '약체 내각'의 자결

1. 구체제의 의붓자식 민주당과 유산된 4 · 19혁명

일제 36년에서 분단, 그리고 자유당 실정(失政)으로 기진맥진해
진 끝에 맞은 4·19학생혁명은 한국 민주주의의 완성이 아니었다.
혁명을 '새치기'한 민주당 정권 역시 겨레의 진정한 주체세력이 아
니었음을 얼마 가지 않아 스스로 온 천하에 폭로하고 말았던 것이
다. 민주당의 선거전략 구호였던 '못살겠다 갈아 보자'라는 구호
가 그토록 붐을 일으킨 건 국민여론이 그것을 강력하게 뒷받침했
기 때문이다. 민주당의 힘은 백성의 절박한 여론과 소원을 대변했
기 때문이지, 결코 민주당 몇몇 간부나 당원의 힘에 의한 것이 아
니었다. 의회민주주의는 정당을 통한 국민의 지배가 아니겠는가.

그런데 민주당이 정권을 잡은 지 불과 몇 달 만에 국민의 불만은 더욱 커져만 갔고 기어이 민주당은 4·19 전 자유당의 욕된 자리에 스스로 앉고 말았다. 사람들은 되물었다. "대체 민주당이 자유당과 무엇이 다르단 말인가." 썩어 빠지고 무능력한 점에서 자유당과 민주당은 쌍둥이였다. 민주당은 이승만이라는 집안 어른에게 차별대우를 받던 '의붓자식'이라는 처지만 달랐을 뿐 그 성격이나 이념에 있어서는 별반 다를 게 없었다. '못살겠다 갈아 보자'라는 슬로건은 자유당의 '갈아 봤자 별수 없다'라는 구호로 되돌아왔고 불행히도 그것은 신기할 정도로 들어맞았다.

학생들의 숭고한 희생과 거룩한 피의 대가로 만들어진 4월혁명은 민주당이 둘로 갈라지는 소동과 장면 정권의 무능력과 부패로 '유산(流産) 혁명'이 되었다. 건전한 민주주의를 다시 세우고 가난을 몰아내며 복지사회 건설을 꿈꾼 소망은 민주당 일파의 '감투 나눠가지기'와 '정권을 빼앗기 위한 다툼' 그리고 '중석불사건'[텅스텐 수출자금 부정사용 사건] 등으로 말미암아 여지없이 배신당하고 말았던 것이다.

4월혁명 1주년이 가까워 오면서 '4월 위기설'이 나돌기 시작했다. 그러나 이 위기감은 권력을 잡은 자들에게 단지 정권을 빼앗기지 않을까 하는 추잡하고 이기적인 공포감에 그쳤을 뿐이고 진정한 겨레의 양심에서 우러난 반성이 아니었다. 민주당은 자유당의 가장귀[支木]처럼 본질상 다른 점이 없었다. 썩어 빠진 정권은 시간이 가면 갈수록 더욱 더 썩어 그 속까지 곪게 마련이다. 7·29 선거에서 민주당은 많은 국민들의 지지표를 얻었으나 그들은 국민의 기대를 추잡한 꼴로 저버렸다. 국민의 생각은 조금씩 민주당의 배신이라는 쪽으로 굳어져 갔다. 정치와 정당이 국민을 위해서 과연 무엇을 할 수 있는가라는 회의와 함께 정당정치에 대한 관심이 없어졌고 사실 기대를 걸어 볼 정당마저 없었다. 이는 기성세대에 대한 젊은 세대의 불신으로 나타났다. "기성세대는 썩었다", "기성세대는 물러가라"는 목멘 외침은 젊은 청년 학생들의 진심에서 우러나온 '겨레의 소리'였고 '시대의 소리'였다. 그 소리는 민주당에 대한 불신이었고 나아가 무엇인가 새롭고 민주적인 혁신세력이 나타나야 한다는 예감이었다. 민주당이 정권을 잡은 시기는 데모, 파업, 교원노동조합의 소동으로 '단군 이래의 최대한의 자유'가 있었다고 하나 그것은 곧 자유를 혼돈과 혼동하는 어리석음이요, 무책임한 방종을 자유라고 생각하는 무지의 결과다. 세계 의정(議政) 사상 두 가지 괴상망측한 이야기가 있다면 하나는 파키스탄의 의회 안에서 부의장이 의원한테 맞아 죽은 폭행사건이요 다른 하나는 4·19 후 이나라 국회에 폭도들이 흙발로 들어가 20여 분 동안 의정 단상을 빼앗아 차지했던 추태일 것이다.

썩을 대로 썩은 기성 정당인들은 야당이라고 해서 별로 다를 바 없었고, 다만 다른 점이 있다면 오랫동안 배고픈 야당 생활에 굶주려 보다 억센 식욕으로 부정, 부패에 용감해졌다는 정도일 것이다. 3·15부정선거에 분노한 백성의 저항으로 만들어진 정권교체의 기회를 맞아 정당하게 정권을 인수할 생각은 하지 않고 자유당 국회를 그대로 유지한 채 풀이 죽은 자유당 의원을 '거수기'로 삼아 국정을 논의하려 했다는 것 자체가 이미 '민주당적인 부패의 씨'가 뿌려지기 시작했다는 의미다. 7·29선거를 앞둔 민주당은 자유당 뺨치는 실력으로 부정축재자들로부터 선거자금을 무려 45억 환이나 짜내면서 국민들에게는 부정축재 처리를 한다고 떠들어 댔으니, 대체 이 말을 납득한 국민이 얼마나 있겠는가. 민주당은 처음부터 거짓과 검은 돈으로 정치를 시작한 것이다. 시커먼 정치자금으로 그들은 국무총리 인준을 둘러싸고 표를 사들이는 공작을 벌였고, 반발하는 소장파와 벌떼처럼 일어나는 학생 데모를 어르고 달랬다. 돈으로 정치를 하자니 돈을 마련하는 일에 부정이 개입될 수밖에 없었고, 그러기 위해서는 그 돈을 제공한 부정축재자들의 죄상을 눈감아 줄 수밖에 없었다. 처음부터 민주당은 돈 때문에 썩어 버린 셈이다.

이때부터 민주당은 정실인사를 시작했다. 그들에게 도움을 준 지방 선거구민이 찾아오면 민주당 간부들은 돈을 집어 주든지 벼슬자리를 주든지 해야 했다. 정권을 잡은 민주당 간부들은 장관실에서 혹은 국장실에서 홍수처럼 밀려드는 선거구민을 맞았고, 크고 작은 이권은 이들과의 내통으로 좌우됐다. 지방에서 민주당원들의 횡포는 극에 달했다. 민주당은 그동안 2천여 건의 정실인사를 저질렀으며 그것도 부족하여 "민주당원을 각 관공서에 특별히 채용하라"는 반 협박조의 시달까지 내렸으니 조선 당쟁사의 재판이라 아니할 수 없겠다. 결국 민주당은 두 조각(구파, 신파)으로 갈라지고 혼탁한 정실인사로 멸망하고 말았다.

의원내각제의 제2공화국은 장면(張勉) 내각 9개월의 무질서와 혼돈, 장 씨 개인의 지도력 부족으로 의회민주주의의 실패를 아낌없이 보여 준 것이다. 특히 부정축재자 처리를 둘러싼 특별법을 마련하는 데 있어 권력층의 식견 없고 능력 없음이 여지없이 드러났다. 특별법 제정을 둘러싼 우유부단한 논의는 국민에게 불신과 회의를 속 깊게 심어 놓았다. 개혁을 한다면서 기존의 법률을 그대로 적용시켜 보겠다는 시대착오적인 사고방식으로 뒤떨어진 보수층의 생리가 뚜렷이 드러나고 만 것이다.

이렇게 돈과 감투 나눠 가지기에 눈이 어두운 민주당 장면 정권은 젊은 세대가 이룩해 놓은 4·19혁명을 반(反) 혁명과 혼란으로 이끌어 갔다. 이러한 집권당의 추태를 지켜본 군의 젊은 장교들은 더 이상 참을 수가 없었다. 4·19 때 군은 재빨리 계엄령을 해제하고 민간인에게 정권을 넘겼던 것이 사실이다. 군은 가능한 한 정치적 중립을 지키기 위해 노력했고 진정한 민주주의가 민간인에 의해 확립될 것을 바랐다. 그러나 4월 위기설 속에서 장면 정권과 민의원, 참의원 양원은 정치싸움을 멈추지 않았고 거리에서는 데모가 연속적으로 일어나는 가운데, 그 사이에 공산당이 끼어

들어 참으로 아슬아슬한 상황까지 연출했다. '데모로 세운 나라 데모로 무너진다'는 예감으로 우리 군은 드디어 정의의 칼을 뽑아 분연히 일어섰다. 이 겨레를 위해 목숨을 바쳐 싸웠기에, 이나라의 번영과 자유를 진정으로 바랐기에 우리 혁명군은 수도 서울로 진군한 것이다. 5월 16일 새벽, 우리 혁명군은 쌓이고 쌓인 낡고 그릇된 일에 대해 일대 수술을 가하고야 말았다. 뜸이나 약물치료로 완전히 낫게 하기에는 이미 때가 늦은 우리 조국을 갉아먹는 병균에 수술칼을 대고야 만 것이다.

2. 병태아病胎兒 제2공화국

장면 정권 하의 혼란을 그대로 방치해 두었다면 '제2의 6·25'라는 겨레의 비극이 재연되었을지도 모른다. 그것이 군사혁명으로 사전에 방지된 것은 불행 중 다행이었다. 장면 정권 하의 한 해는 해방 후 무질서의 반복이었다. 해방 후 한국민주당→민주국민당→민주당으로 이어지는 계열은 때로는 이 박사에게 봉사하고 때로는 이 박사와 대립하면서 정치를 끌어 왔지만 그 성격에 있어서는 자유당과 다를 바 없는 봉건성을 지닌 낡은 정치세력에 불과했다. 그러므로 제2공화국은 그 성립 자체가 태(胎) 속에서부터 병든 슬픈 운명을 타고 났다고 할 수 있겠다.

1) 민주당의 계보와 성격

「콜론 보고서」는 한국 정세를 분석하며 "한국은 양당제도가 아니라 야당이 위협받고 불편을 받고 있어 차라리 1.5정당제를 갖고 있다고 해야 할 것이다"라고 했다. 야당인 민주당이 쪼그라들어 발육이 좋지 않은 모습을 지적한 것이다. 그러나 민주당의 족보를 한민당까지 거슬러 올라가 보면 이들은 해방 후 한국의 보수세력으로서 해외의 보수세력인 임시정부 계통과 더불어 실로 한국사회의 지도세력이었다. 한민당계의 지위는 미군정 당시 상당히 높았고 특히 공산세력의 침투를 막는 데 있어서는 절대적인 공헌을 했다고 해도 과언이 아니다. 그러나 한민당은 구성원을 보나 성격으로 보나 지주나 토박이 부자들을 대변하는 당이었고 당연히 전근대성을 면하지 못하는 당이었다. 이러한 한민당의 태생적인 생리는 그 후 민국당을 거쳐 민주당에까지 이어진다.

민주당은 한국의 근대화와 건전한 민주주의를 다시 세우기 위한 실질적인 구도도 역량도 갖지 못했다. 그들의 투쟁은 정권을 뺏기 위한 '감투싸움'의 성격을 벗어나지 못했다. 민주당이 감투 이외에는 아무것도 관심이 없었다는 것은 장면 정권이 잘 말해 주고 있다. 민주당이 세워졌다가 무너진 것은 전근대적인 끼리끼리 패를 짓는 성격과, 식견이 없고 능력이 없어 썩어 빠진 데서 온 것임을 다시 한 번 강조하면서, 의회민주정치의 실패를 다시금 반성하게 하는 바 실로 절실하다고 하겠다.

2) 기어이 당을 쪼갠 감투싸움

　4·19와 4·26으로 이승만 정권이 무너질 때 민주당은 무엇을 하고 있었는가. 역사적 현장에 그림자도 드러내지 못한 것은 무엇 때문인가. 4·19 '피의 화요일'에 경무대 앞에서 대학생들이 총탄에 쓰러질 때 이 박사의 하야를 권고할 만한 용기 하나 없던 민주당이다. 4월 25일 하오, 대학교수단 데모에서 백발이 성성한 늙은 교수들이 거리를 행진하는 것을 보고도 민주당 의원들은 끝내 나서지 못했다. 이렇게 겁먹고 비굴하던 민주당 간부들은 7·29선거를 앞둔 민주당 공천을 앞두고는 신파와 구파로 갈라져 피투성이의 싸움을 벌였다. 앞서 3·15선거를 앞두고 여당에 대한 투쟁에 대한 이견으로 갈라졌던 민주당은 이번에는 대통령, 국무총리, 국회의장 등의 감투 분배를 둘러싸고 결국 신·구 양 파로 완전히 갈라졌다. 둘은 각기 총리 인준 때 무소속의 표를 사들이는 공작을 위해 눈이 벌게져 정치자금을 모아들였으며, 마침내는 서로가 부정자금 유입설을 들고 나와 서로 폭로하는 추태를 보였다. 이렇게 한심하고 못난 일만 저지른 민주당이 혁명 첫 과업인 부정축재 처리를 제대로 할 리가 없었다. 한 손으로는 돈 달라며 손을 내밀고 또 한 손으로는 부정축재를 처리한다는 말을 해 댔으니 허울 좋은 거

짓 연극에 불과했다. 결국 민주당은 부정축재 문제 하나 처리하지 못하고 먹었던 돈에 목이 걸려 자살한 것이다. 신파와 구파가 당을 가른 것은 이념이 다르거나 정치현실에 대한 관점이 다른 데서 온 것이 아니라 돈과 감투싸움이라는 것은 따로 설명할 필요도 없겠다.

제2공화국이 수립되고 연말이 가까워 올 때까지도 당파싸움은 그칠 줄을 몰랐다. 당을 가르는 짓에 골몰하다 보니 국가정책 상 절실한 문제였던 실업자 사태, 신년도 예산안 심의, 월동 대책 등에는 전혀 관심도 두지 않았다. 당을 쪼개는 이야기가 이토록 결말을 못 내고 혼란 속으로만 끌려들어간 것은 당 지도자의 능력 빈곤에서 온 것이다. 신익희 선생과 조병옥 박사가 없는 민주당은 주체성을 가진 중추 지도력을 잃어버린 채 모래알처럼 흩어진 꼴이 되었다. 그리고 마침내 신파 측은 민주당을, 그리고 구파 측은 신민당을 만들었다. 둘로 갈라진 민주당은 서로의 약점을 폭로하며 국민의 신임을 완전히 잃어버리게 되었고, 돈과 감투로 반대파를 어루만지느라 나랏일과 국민을 돌볼 겨를이 없었다. 당을 가르는 놀음에 막대한 정치자금을 쓰는 바람에 부정축재자들의 꼭두각시 노릇을 했고, 은행에서 부당하게 돈을 끌어내고 정실인사를 하는 등 부정을 감행하지 않을 수 없었다. 그리고 기어이는 혁신계 정당이 고개를 내밀고 난장판을 벌일 터전까지 만들어 주었던 것이다.

3) 무능한 내각과 깡패 국회

10월 들어 제2공화국 수립을 경축하는 행사가 벌어졌다. 그러나 제2공화국은 그 탄생부터 축복받을 만한 건강한 아이도 복된 아이도 아니었다. 의원내각제의 제2공화국은 국무총리 인준을 둘러싼 심각한 대립으로 고민했으며, 신·구 양 파는 돈으로 표를 사느라 허우적댔다. 8월 19일, 국무총리 인준 선거에서 장면 씨가 김도연 씨보다 두 표를 더 얻어 117표로 당선되기는 했으나 내각책임제의 앞날은 불안과 동요를 면할 길이 없었다. 장면 씨가 내각을 조직하는 데 있어서 구파는 장관 다섯 자리를 달라고 요구했으나 협상은 결렬된다. 결국 장면 씨는 신파 일색으로 내각을 꾸린다. 그러나 이렇게 구성된 장면 내각은 오래가지 못했다. 9월 7일 구파 4명의 입각 기회가 마련되고 내각의 조직이 끝난 후 15일 동안 각료의 거의 반수가 교체되는 불안정한 상태가 이어졌다. 더욱이 한 나라의 치안을 맡은 내무장관이 빈번히 경질되어 정신을 차릴 수 없을 정도였다. 장면 정권의 장관 자리 안배를 통한 정국 안정의 꿈은 여지없이 깨지고 의회 안에서는 양 파 간에 입씨름과 난투극이 그치지 않았다.

태 속에서부터 썩어 탄생해 골골 앓기만 한 장면 내각이 제 몸 하나 가누지 못하는 처지에 무슨 재주로 책임정치를 할 수 있었겠는가. 더욱이 이권에 눈이 벌게진 의원들은 국회에서 난동을 벌이고 민의원, 참의원 양원제로 감투 수효만 늘려 놓은 판국이니 의원들은 아예 국회에는 나오지도 않고 이권운동에 분주히 돌아다니며 세비나 늘리고 지프차나 자가용차를 늘리는 데만 관심을 두었다. 무지하고 비양심적인 국회의원의 횡포는 이루 말할 수 없고 의회는 '정치깡패의 집합소'라는 느낌에서 한 발짝도 벗어나지 못했다. 국회는 매일 성원이 되지 않아 휴회를 선포했고, 회의가 성립될 만큼 의원이 많이 출석한 날에는 싸움판이 벌어지기 일쑤였다. 이처럼 '무능하고 약체인 내각'과 '깡패국회'의 난동 이중주 속에 농촌에서는 양식이 떨어진 농가가 늘어났고 실업자들은 데모에 나서 교통을 막는 와중에 물가는 올라 서민생활은 하루하루 위험의 도가 더해 가는 판국이었다. 특히 밀수업자가 판을 치고, 외국 원조에 의한 산업은 쓰러질 상태에 빠져 들었다. ICA(국제상품협정) 자금으로 건설된 중소기업체 중 80퍼센트가 문을 닫아 버리는 등 국내산업에 일대 위기가 오고 만 것이다. 장면 정권 9개월은 문자 그대로 먹자판이었다.

4) 사회혼란 속에 재기한 붉은 혁신세력

나라가 아니었다. 날이 밝으면 데모였고 그 데모는 자주 난동과 폭력으로 바뀌었으며 밤에는 횃불데모까지 벌어졌다. 이 틈을 탄 혁신정당들까지 나타나 세상을 더욱 아수라장으로 몰고 갔다. 날로 늘어나는 실업자와 끼니가 떨어진 농촌, 그리고 치솟는 물가로 가난한 백성들이 아우성치는 사이 일부 혁신세력의 선동은 국민들 사이에 불온한 공기마저 감돌게 했다. 학원에서는 학생들이 책을 내던지고 중립론 따위의 정치토론을 전개했고, 학교들은 잇단 스트라이크로 교장과 선생을 몰아내고 재단을 규탄하는 등 학교는 개점휴업 상태였다. 일부 학생들 가운데는 민주당의 실정에 실망한 나머지 막연한 국토통일에 기대를 걸어 보려는 회의적인 분자들이 하나 둘 나타나기 시작했고, 혹시 한국을 중립화시키면 살길이 열리지 않을까 하는 어린 학생들다운 '위험한 낙관주의'가 학원가를 휩쓸었다. 북한은 학생들의 통일론을 선동하여 한때 학원의 공기는 불온하기 짝이 없었다. 그러나 학생들의 소원이 결코 공산통일이나 용공(容共)적이었다고 의심하고 싶지는 않다. 다만 그들은 순수한 감정이 불러올 결과에 대해 눈이 어두웠을 따름이다. 그러나 6·25 공산당의 침략으로 겨레의 비참한 꼴을 맛본 대한민국에서 혁신정당은 공산주의에 반대하는 선을 뚜렷이 그어 놓아야 했는데 국민들의 눈에는 용공분자로밖에 보이지 않았다. 특히 혁신정당들의 정치투쟁 방식이 데모나 남북교류 집회나 신문 등을 통해 용공적인 색채를 띠고 민주주의의 원리와 겨레로서의 깨달음을 못 가진 무리에 불과했다는 것은 사실이다.

소위 혁신정당이라는 곳에 모인 자들을 보면 과거 공산분자의 혐의를 받아 온 자, 사상이 불온한 자, 지각 없이 날뛰는 자, 룸펜,

정치 브로커, 공산주의에 무지한 어린 학생들이었고, 건전한 양식과 국민정신을 가진 양심 있는 분자는 얼마 되지 않았다. 그들의 난동을 그대로 방치해 그들이 이나라를 공산당에게 팔아먹었을지도 모른다는 생각을 하면 지금도 가슴이 철렁하다. 공산당과의 타협이란 패배의 시작인 것이다. 장면 정권의 사회적인 혼란을 이유로 남북통일을 내건다는 것은 자멸로 가는 길이요, 학생들의 중립화통일론 같은 것은 공산 쿠데타의 실마리를 주는 것밖에 안 된다는 사실을 알아야 한다. 우리는 지금 우리가 누리고 있는 민주주의와 자유라는 고귀한 가치를 끝까지 지켜 나가야 한다. 우리는 남북의 통일을 반대하지 않는다. 오히려 국토통일은 우리 겨레의 다시없는 과제이며 민족사의 엄숙한 명령이기도 하다. 그러나 통일이 공산당의 종으로 돼 버리는 것을 의미한다면 그것은 죽음으로써 항거해야 할 것이다. 소련의 괴뢰인 김일성 집단이 무너지고 북한 자유인민들의 민주역량이 자라고 우리도 자립경제를 이룩하여 나라의 힘을 키웠을 때 '민주화 통일의 새날'은 밝아 올 것이다. 그때까지는 어떤 달콤한 말에도 속지 말아야 한다.

5) 의지도 실력도 없었던 무능했던 9개월

약체 내각인 장면 정권의 실정은 지도력 부재에서 왔다. 그들은 국민의 신뢰를 잃고 지도력을 구축하지 못한 채 능력 없이 아홉

달을 헛되게 보냈다.

첫째로, 장면 정권은 제2공화국의 지도이념을 구축하지 못했으며, 4·19혁명으로 분출한 국민의 여망을 실제 정책에 옮기려는 의지도 실력도 없었다.

둘째로, 민주당 지도부는 입으로 정치 하는 습성이 고질화되어 말만 번지르르했지 실천이 없었다. 가령 군사혁명정부가 겨우 3개월 동안 수행한 일을 장면 정권은 아예 건드리지도 못했다. 전력회사 통합 문제가 그 좋은 예이다.

셋째로, 민주당은 정치인과 국민 사이의 건전한 관계를 만들어 내지 못했고 단지 입후보자와 투표자 사이의 일종의 거래관계로 만들어 놓았다.

넷째로, 장면 씨와 민주당 지도부는 결단력도 용기도 없었다. 그래서 그들은 당을 가르는 문제나 학생 데모에 결단을 내리지 못했고 당면한 문제마다 우왕좌왕했으며 대책을 세우지 못했다.

한마디로 민주당 지도부는 무사안일주의에 젖은 전근대적인 유물들이었다. 그들은 '작은 정치'인 표 구걸 정치에만 눈이 어두워 '큰 정치'인 국민 교도(教導)와 사회재건의 범국민운동의 필요성을 보지 못할 정도로 우둔했다.

우리의 군사혁명이 성공하자 세간에서는 한국의 민주주의가 실패한 것으로 잘라말하는 사람도 있다. 그러나 민주당 정권의 실패가 지도력이 없는 데서 오는 것임을 뼈저리게 느낀 사람은 거의 없었다. 민주주의 후진국에서 민주주의가 성공하려면 제도를 받아들이는 데 그치지 말고 그 나라의 양심적이고 혁신적인 선량(選良)들에 의한 지도력이 필요하다.

3. 장면 정권의 붕괴

약체 내각이었던 제2공화국에는 앞선 정권의 만성 병균에 더해 새로운 병균까지 침입해 들어왔다.

그 첫째가 용공 망국병이요 반국가적 기회주의다.

둘째는 지나친 자유는 정당의 난립을 가져왔고 신문들은 언론 자유를 핑계로 횡포와 책임 없는 망언으로 많은 폐해를 만들어 냈다.

셋째가 비판 없이 받아들인 외래문화다. 장면 정권 하의 '일본 바람'은 겨레의 이성을 마비시켰다.

이렇듯 온갖 병균에 시달리며 썩어 가던 제2공화국은 스스로 수술을 자청할 처지에 이르렀다. 이것이 1961년 새해에 들어서부터 감돌기 시작한 4월 위기설이다. 4월 위기설이란 결국 이러다가는 또 무슨 일이 날 것이라는 예감이었다. 이 위기를 구축(驅逐)하고 민족의 큰길에 빛을 되찾기 위해서 부득이 우리 군은 궐기할 수밖에 없었다. 우리는 나라가 자유당처럼 썩어 가는 모습이나 민주당 식으로 망가져 가는 꼴을 더 이상 볼 수 없었다. 민주주의의 겉치레가 일시 중지되는 것이 민주주의의 틀이 쪼개져 나가는 것보다 나을 것이다. "나는 파괴하러 온 것이 아니라 세우려고 왔다"고 바리새인들에게 한 예수의 말을 생각해 본다. 군사혁명은 결코 민주주의의 파괴가 아니다. 오히려 한국 민주주의의 목숨을 건지는 작업이요 병든 민주정치에 대한 임상수술이다. 조국에 대한 뜨거운 사랑을 품고 손을 깨끗이 소독한 다음 썩은 것을 도려내는 인술(仁術)의 마음으로 군사혁명을 일으켰던 것이다. 의사는 환자가 회복기에 들어서기만 하면 집으로 돌려보내 스스로 정양하게 한다. 그래서 우리 혁명군은 정권을 민간에게 이양할 것을 굳게 약속했던 것이다. 군인은 조국의 방패요 국민의 아들이기 때문에 전선을 지키던 눈을 수도로 돌렸을 때 우리의 마음은 몹시 쓰라렸다는 사실을 밝힌다. 슬픔과 그늘이 없는 조국의 앞날을 위해 우리 모두 자신을 책하는 뜨거운 눈물로 욕된 과거를 씻어 버리자.

05

후진 민주주의와,
한국혁명의 성격과 과제

1. 후진국에서 민주주의를 한다는 것의 위험

　지난날 우리들은 말로만 민주주의를 한다고 떠들었지 실제는 남의 나라에서 겉모양을 빌려다 그 흉내만 내 본 데 지나지 않았다. 그 이유를 따져 보면 결국 우리나라가 민주주의의 열매를 맺을 수 있는 바탕과 조건을 갖추지 못한 데 있을 것이다. 민주주의가 성공할 수 있는 조건과 바탕도 없이 서양식 민주주의의 본을 따른다고 해서 상투를 꽂고 있던 우리네가 하루아침에 달라질 리가 있겠는가. 역사의 흐름이 다르고 문화가 다르고 살림살이의 형편이 서양의 나라들과 사뭇 다른 우리나라와 같은 신흥 국가에서 서양의 민주주의가 지니는 본래의 효과가 그대로 나타나리라고 기대하는 것은 지나친 희망이다.

의회정치의 본고장이라고 할 수 있는 영국의 경우를 보자. 영국에서 대의정치가 이루어진 것은 와트의 증기기관 발명에서 시작된 이른바 산업혁명의 결과라고 할 수 있는데, 그와 같이 산업발전을 이룩하지 못한 뒤떨어진 나라들이 서양 민주주의의 겉모양만 본떠오기 때문에 민주국가에 필요한 근대적인 정당제가 확립되기도 전에 벌써 정당의 부패와 그 역기능이 전면에 드러나는 것이다. 그것은 우리나라의 경우도 마찬가지였다. 우리나라 농어촌에는 아직도 글 모르는 사람들이 많고 살림살이는 보잘것없이 가난하며 도시에는 직업을 갖지 못한 사람들이 수두룩해 불만과 불안이 들끓고 있다. 산업화 정도가 아직도 낮은 상태에 있는 것이다. 그러니 우리는 민주주의가 지니고 있는 실속 있는 바탕은 모르면서 다만 허울좋은 겉모습만 바라보거나 핥고 있었던 셈이다. 그래서 민주주의와 대의정치의 기둥이 되는 정당들은 나라살림의 기둥 구실을 하기도 전에 부패해 버리는 추태를 보이게 된다. 지난날 부정선거와 돈과 물품으로 투표권을 사고팔던 잘못된 일들이 그 좋은 예이다. 부정과 부패가 국민들의 생활양식에 침투해 보통 때는 깨끗하고 바른 마음을 가졌던 사람들도 일단 감투를 쓰기만 하면 좋은 자리에 있는 동안에 한몫 잡겠다는 생각을 하게 되는 것이다. 이런 풍토에서 어떻게 백성의 성실성을 불러일으킬 수 있으며 사회의 바른 도리를 세우고 국민의 마음을 한데 묶어 빛낼 수 있겠는가.

불만과 불평이 들끓고 있는 나라에서는 제아무리 민주주의의 겉모양을 본떠다 정부를 세우고 나라살림을 한다 해도 공산주의의 달콤한 거짓말을 거들떠보지 않아도 될 만큼 경제적이고 정치적인 새로운 테두리가 빨리 이루어지길 바랄 수는 없다. 결국 이와 같은 정치적, 경제적, 사회적, 사상적인 어려움을 이겨낼 수 있는 길을 빨리 찾아내지 않고서는 나라를 스스로 다스려 나갈 수 없을 뿐더러 무서운 공산당에게 먹히기 마련이다.

2. 민주주의 성공의 열쇠는 경제발전이다

이것은 비단 우리나라뿐만 아니라 뒤떨어진 아시아의 여러 나라가 공통으로 겪고 있는 어려움이다. 대중의 본능적 욕구에 부합해 보다 빨리 잘살 수 있는 좋은 길을 보여 줘야 하지만, 문제는 국가의 재정과 국민대중의 요구 사이에 거의 뛰어넘을 수 없는 간격이 가로놓여 있다는 사실이다. 그래서 나라의 재정적 힘으로는 다 만족시켜 줄 수 없는 국민들의 욕구를 해결하는 데 온 국민대중의 찬성과 동의를 얻어 행할 것인가 그렇지 않으면 통제 형식을 취해 나갈 것인가 하는 것을 결정해야 하는 것이 심각하고 다급한 문제가 된다. 이것은 아마 오늘날 아시아의 모든 뒤떨어진 국가들에 있어서 가장 중요한 과제일 뿐 아니라 머지않은 장래에 아시아의 정치적 발전을 좌우하게 될 문제라고 본다. 외국의 원조를 받아서 자유민주주의의 길을 걸을 것인가, 아니면 국민대중을 엄한 규율 밑에 통제하는 이른바 전체주의의 길을 걸을 것인가에 대한 논쟁으로 아시아에서 자유민주주의는 처음부터 대단히 불리한 조건 가운데 출발한다는 것을 솔직히 인정해야 한다. 우리가 바라는 자유민주주의 체제를 건설함에 있어서 아시아 모든 사회에 뿌리박고 있는 반민주적인 여러 요소들을 인정하는 데 누구보다도 솔직해야 된다고 나는 믿고 있다.

지난날 아시아에 있어 민중의 동의에 의해 정부가 건설된 바는 거의 없고 또한 정부의 정책이나 방침도 역시 관대한 아량으로 집행했다는 아무런 증거가 없었다. 이러한 의미에서 아시아 나라들이 물려받은 정치는 다만 몇 사람의 손에 의하여 움직여지는 이른바 과두(寡頭)정치뿐이었다. 물론 유럽 여러 나라들도 거의 같은 상태에서 출발했지만, 선거에 의한 대의제도가 정착할 수 있었던 풍성한 살림살이 조건이 아직은 우리 아시아에는 존재하지 않으며 또한 있더라도 불충분하다는 사실을 인정해야 하는 것이다.

아시아에 있어서는 백성들의 생활 개선을 위해 대개 비민주주의적인 비상한 수단을 쓰지 않으면 안 되기 때문에 정부가 이른바 서양에서 말하는 바와 같은 '국민의 정부'가 되는 것은 거의 불가능에 가깝다. 그러나 오늘날 아시아의 국민대중은 정부의 전체주의적인 통치를 두려워하는 것 이상으로 가난과 헐벗음을 두려워한다. 그래서 모든 정부는 이 같은 기아와 빈곤을 피하기 위해 또 다른 새로운 위험을 저지르기 쉬운 입장에 놓여 있는 것이다.

아시아의 여러 나라들은 공산주의의 유혹과 위협에 대해 맞설 수 있는 방침이나 확고부동한 신념을 가지고 있지 못하다. 유럽 여러 나라에서 자라 온 오늘날의 민주주의는 수없이 잘못을 개선해 나가는 가운데 이룩된 진보의 결과이다. 그러나 유럽의 이러한 자유민주주의는 비교적 넉넉한 살림살이를 이어 나갈 수 있었다는 점에서 알찬 열매를 거둘 수 있었지만, 다급하고 어려운 문제들을 짊어지고 있고 그것을 당장에 처리하지 않으면 안 되는 아시아에서의 자유민주주의의 길이란 말 그대로 험한 가시밭길이 아닐 수 없다. 쉽게 말해 '민주주의냐 경제발전이냐' 하는 필연의 문제에 봉착하게 된다는 얘기다.

물론 최근의 일이기는 하지만 유럽에서는 정치적인 평등과 함께 경제적인 평등도 동시에 달성하고 있다. 그러나 아시아에서는 반드시 그렇지는 않은 것 같으며 아시아인들은 그렇게 생각하고 있지도 않다. 즉, 아시아인들은 무엇보다도 먼저 경제적 평등, 다시 말해서 다 같이 고르게 잘살 수 있는 바탕을 마련한 위에 정치적 평등을 바라는 것이다. 민주정치에 있어서 경제적 바탕을 달성하지 않고는 국민의 지지를 받는 민주주의가 자랄 수 없다. 아시아에서는 이러한 경제적인 조치가 먼저 취해지지 않았기 때문에 자유민주주의는 그 참뜻을 잃어버렸다. 더욱이 국민들에게 경제적인 평등을 보장한다고 공공연히 내세운 약속이 지켜지지 않았기 때문에 오늘날 아시아에 있어서 자유민주주의 제도의 위신은 점점 떨어지는 결과를 빚었다. 그 좋은 예가 우리가 십수 년 동안 보고 느낀, 신성하다는 투표권도 굶주림에 허덕이는 사람들에게는 아무런 의미도 가지지 못했다는 사실이다.

이러는 사이 계획적인 경제를 실시해야 한다는 주장이 아시아에 스며들기 시작했다. 가난과 헐벗음을 벗어나기 위한 방책으로 계획경제의 간판을 내세운 것이 바로 공산주의적인 좌익 독재정권이었다. 그러나 좌익 독재정권이 강제적으로 행한 경제계획은 국민대중에게 너무나 큰 희생을 요구했다. 가뜩이나 보잘것없는 국민소득일 텐데 그 대부분을 장기 경제계획에 투입하자니 하루라도 빨리 부유한 살림살이를 바라는 국민대중의 극심한 반대를 피할 수가 없었다. 그러다 보니 불가불 공산주의자들은 백성들의 사상을 통제하고 말하는 자유를 제한하고 비밀경찰이란 수단까지 써서 자기들의 목숨을 지탱하지 않을 수 없는 것이며, 백성들의 불만과 반발이라는 위험을 막기 위해 무기를 사들이지 않을 수 없게 되는 것이다. 이것이 바로 공산 제국주의자들의 탄압과 착취가 갈수록 거세질 수밖에 없는 이유다.

따라서 뒤처진 나라들은 무엇보다 국민들 개개인의 소득이 늘어 가는, 벌이가 좋아질 수 있는 방향으로 나가지 않으면 안 된다. 결국 뒤떨어진 국가에서 민주주의를 다시 이루는 길은 장기적인 경제개발계획과 국민소득의 단기적 향상이라는 서로 모순된 두 개의 문제를 잘 조화시켜 결과적으로는 국민 전체가 잘살게 되고 국민들 개개인의 생활 향상에 도움을 주어야 된다고 나는 분명하게 잘라 말하고 싶다. 따라서 유럽에서 전수받은 자유민주주의의 이념과 테두리 안에서 어떻게 하면 국민 개개인의 소득을 높일 수 있는 경제개발계획을 성공시킬 수 있을 것인가가 우리 한국뿐 아니라 아시아에 있어서 참된 민주주의가 성공하느냐 못 하느냐를 결정짓는 오직 하나의 열쇠인 것이다.

3. 혁명 시기의 민주주의
– 행정적 민주주의란 무엇인가

우리의 혁명과업이 민주주의를 부인하거나 없애 버리자는 데 목적이 있는 것이 아닌 만큼, 우리들이 걸어 나가야 할 길이나 그 성격 그리고 몸가짐도 결국은 민주주의에 어울리는 것이어야 한다고 생각한다. 나라가 흥하느냐 망하느냐 하는 갈림길에서 물리적 힘이라는 비상수단까지 써 가며 지난날의 오류와 잘못된 것을 씻어 버리는 데 목숨을 바칠 결심을 했다 하더라도, 우리 혁명의 가장 큰 목적은 어디까지나 참되고 올바른 민주주의와 그러한 사회를 다시 세워 나가자는 데 있기 때문이다. 오늘 없이 내일이 올 수 없는 것이 역사의 오랜 법칙이며, 현재가 없는 앞날은 있을 수 없다. 이런 의미에서 혁명의 제2단계, 제3단계에 있어서는 할 수 있는 데까지 앞날을 위해 민주주의의 바탕을 국민에게 키우게 하고 발전시켜 나가지 않으면 안 된다.

그렇기 때문에 나는 혁명 시기에 있어서의 우리가 바라는 민주주의란 서양식의 민주주의가 아니라 우리 사회와 정치 형편에 알맞은 민주주의를 해 나가야 한다고 생각한다. 그러한 민주주의란 바로 '행정적 민주주의'다. 왜 지금 우리가 해야 하는 것이 행정적 민주주의가 되어야 하는가. 그것은 민주주의를 '위에서' 내려닥치는 식이 아니라 어디까지나 '아래서부터' 위로 올라오는 식의 민주주의, 다시 말해 아래서 깨달은 민주주의, 국민 스스로가 자기들의 지난날의 그릇된 버릇을 바로잡고 새롭게 출발하는 민주주의로 만들어야 하기 때문이다. 하루바삐 국민들 스스로가 지난날의 그릇됨에서 벗어나고 무지에서 풀려 나와 스스로 자기의 운명을 개척하고 바르게 판단할 수 있는 정치적 힘을 기르게 해야 할 것이며 그러기 위해서는 무엇보다 먼저 국민들 스스로가 '아래서부터' 스스로를 다스릴 수 있는 힘을 기르지 않으면 안 될 것이다.

앞서 말한 바와 같이 비록 혁명 시기에 있어 완전한 정치적인 자유민주주의를 마음껏 누릴 수는 없다 하더라도 최소한 행정적 수준에 있어서는 민주주의의 원칙이 지켜지고 또한 민주주의적인 원칙에 의해 국민의 의견과 권리가 존중되어야 한다. 그렇기 때문에 과도기적인 혁명 단계에 있어서 우리들이 내세운 행정적인 민주주의는 정부가 하는 일에 대해 국민들의 비판을 막는 것이 아니라 오히려 이를 환영하며, 국민들의 의견으로 정부가 해 놓은 일을 심판하도록 해서 잘못이 있다면 고쳐 나가는 방향으로 나가야 할 것이다. 현재 나라살림을 맡고 있는 행정부에 잘못이 있을 때 이것을 고쳐 나가는 것은 혁명의 중심이 되는 지도세력에만 그 책임이 있는 것이 아니라 온 국민에게 있는 것이며 당연히 이러한 힘을 길러야 한다. 오늘의 행정관청의 모든 권한 행사는 비록 혁명 시기라 할지라도 민주주의의 근본 정신 밑에서 이루어져야 한다. 아무리 혁명 시기라 할지라도 나라살림 하는 일이 비민주주의적이라면 이는 결국 혁명의 참뜻을 욕되게 하는 것이며 혁명의 정신 자체를 인정하지 않는 결과가 되기 쉽다고 나는 확실히 믿는다. 국민의 책임과 내세울 수 있는 권리는 다 평등한 것이고 또한 다 같이 평등하게 법에 의한 재판을 받을 수 있는 권리가 보장되지 않으면 안 된다. 만약 이러한 국민의 권리가 침해당하는 일이 있다면 이는 혁명 과업을 치른다는 이름 아래 저지르는 또 하나의 권한남용이 될 것이다.

4. 행정개혁은 국민의 자치능력 완성으로만 가능하다

우리 혁명의 목적이 자유와 평등 그리고 올바른 민주주의를 세우고 온 겨레가 다 같이 잘살 수 있는 균형 있는 복리와 복지를 늘려 나가게 하는 데 있다는 것은 너무나 명백한 사실이다. 그러기 위해서는 전 부문에 있어 지난날 나라 살림살이를 맡았던 정치권력의 조직적인 부정과 부패에 대해 과감한 수술을 단행해야 할 것은 물론이고, 참되고 바른 민주주의가 가능한 정치적 환경을 만들어 줌으로써 다시는 지난날과 같은 그릇되고 옳지 못한 일이 일어날 수 없는 터전을 마련해야만 한다. 물론 최근에 와서 공무원들의 잘못을 조사하는 기관을 만들었지만 부정과 부패의 버릇을 버리지 못하고 옛날로 되돌아가는 사람이 있다면 우리는 조국과 겨레의 앞날을 위해 겨레의 이름으로 철저하게 그 죄과에 대해 추궁하지 않으면 안 된다. 부정, 부패에 대한 수술은 어디까지나 하나를 벌함으로써 백 사람에게 경계가 되는 것을 원칙으로 짧은 시일 내에 이를 끝마치도록 해야 한다. 물론 이러한 처치는 민심의 동요나 백성들에게 공포를 안겨 주자는 데 그 목적이 있는 게 아니라 명랑하고도 건전한 민주주의 협동사회를 이룩하는 기틀을 만드는 데 그 근본 목적이 있다. 그래서 썩고 그릇된 일에 직접적으로 관계가 없는 일반 국민들은 위압감이나 공포심을 느낄 필요 없이 안심하고 자기 생활을 꾸려 나가야 한다. 지난날 썩고 그릇된 일을 저지른 사람에 대해서도 정도를 보아 가면서 이나라 백성의 한 사람으로서 혁명 과업에 발 벗고 나설 수 있는 기회를 마련해 주어야 할 것이다.

앞에서도 여러 번 말한 바와 같이 이번 혁명은 참되고 올바른 민주주의를 이 땅에 이룩하자는 데 그 목적이 있다. 때문에 일반 국민들로 하여금 그들의 실제 생활을 통해서 민주주의 정치에 대한 국민된 책임과 사회적으로 맡은 바 임무에 대한 깨달음을 더욱 높일 수 있는 이른바 사회교육을 철저히 해야 한다. 좀 더 구체적으로 말하자면 영화라든가 좌담회와 강연회 등을 이용하거나 범국민운동을 전국적으로 실시해서 수천 년 동안 이어 내려온 무사안일주의, 적당주의, 사대주의, 의타심 등 이 겨레의 그릇된 풍습과 정신을 타파하고, 참되고 올바른 민주주의의 모든 권리와 의무를 국민들 스스로가 바르게 행사할 수 있도록 해야 할 것이다.

이와 같이 국민 스스로가 진정한 민주주의를 다시 이룩하기 위한 정치교육을 통해서 자주능력과 자치능력을 높여야 할 것은 물론, 윗자리에 앉은 사람은 국민과 사회에 대한 책임이 더욱더 무겁다는 것을 깨달아야 한다. 남에게 시킬 때만 법을 운운하고 자기가 하는 일에는 법이고 뭐고 상관없다는 사람들은 권력을 가지고 위풍을 떠는 데만 익숙하지 자기의 사회적인 책임과 의무를 다하는 데는 지나치게 인색하다. 이는 책임에 대한 바른 생각이 발달되지 못한 증거이며, 이로 인해 지금까지의 민주주의 원칙이란 방종의 원칙이요 민주주의 자유는 혼란과 무질서의 자유가 되고 말았던 것이다. 데모 하고 때려부수는 자유는 있어도 법을 지키고 길거리에 흘린 종잇조각을 줍는 공중도덕은 제대로 지켜지지 않는 것만 봐도 그 사실을 능히 알 수 있다.

그러므로 혁명 기간은 정신적인 면에서 볼 때는 국민정신 재교육 기간이요, 국민들 스스로 자주능력과 자치능력을 높이는 깨우침의 기간이요, 자기의 권리뿐만 아니라 남의 권리까지도 존중하고 남과 사회를 위해서 몸과 마음을 바치는 봉사의 정신을 기르는 기간이라고도 할 수 있겠다. 국민은 국민대로 정부는 정부대로 과감하게 행정적인 면에 대해서 고칠 것을 고치고 이를 계속적으로 밀고 나가야 된다.

그러면 그 고쳐야 할 행정적인 면이란 어떤 것인가. 그것은 오랜 기간 우리 사회에 횡행해 온 이른바 관존민비 사상에 찌든 케케묵은 관료주의와, 속 검은 고급 관리들이 소위 '국물'을 위해 사무를 자기가 틀어쥐어야 한다고 믿는 그릇된 생각이다. 이런 것들을 조장한 과도한 중앙집권주의를 가능한 범위 내에서 지방자치의 방향으로 고쳐 나가야 할 것이고, 특히 권위가 높은 사람에게만 행정을 집중하는 일을 피해 각급 관청의 일반 행정관리들이 실력을 발휘할 수 있도록 하여 새롭고 의욕적인 지도력으로 행정관리의 좋은 성적을 올릴 수 있도록 힘써야 할 것이다.

물론 이러한 일들을 고쳐 나감에는 다소의 진통이 있을 것이다. 다소 가혹하고 가엾기는 하나 나라의 백년대계를 위하고 보다 많은 온 겨레의 이익을 위해서는 불가불 얼마간의 사람을 희생시키지 않을 수 없다. 이와 같이 행정적인 개혁과 그 민주화를 위해서는 꾸준한 연구와 관리가 잘 어우러져야 할 것이다.

조화로운 행정관리도 중요하지만 그에 못지않은 게 '행정적 민주 통제'다. 이 행정적 민주 통제란 어떤 것을 말하는 것인가. 그것은 윗사람들이 그 아래에서 일하는 사람들의 입장을 배려해 주고, 행정조직 내의 모든 사람들이 인격과 능력을 균등하게 인정받으며, 고급관리의 잘못이나 지나친 권리 행사를 부하 관리나 일반 국민이 견제할 수 있는 것 등을 말한다. 이전에는 이러한 민주적 통제가 없었기 때문에 공직이 사유화됐고 거기서 오는 부패가 우리를 병들게 했다.

국민들 스스로가 스스로를 다스려 나가는 힘을 키우도록 해야 할 뿐 아니라 행정에서도 그러한 국민들의 자치능력이 잘 자랄 수 있도록 하기 위해서는 지방자치제의 발달을 모색해야 할 것이다. 여기에 더해 하루속히 근대적인 인사제도를 확립함으로써 이제껏 정부의 조직적 부패를 낳았던, 자리를 팔고 사는 나쁜 버릇과 정실인사 같은 것들을 깨끗이 씻어 진정으로 국민의 이익을 위해 새롭고 보람되게 일해 나갈 수 있는 바르고 깨끗한 관리 기풍을 이룩해야 한다.

06

사회 재건(국가)의 이념과 철학

1. 평화와 자유를 위한 인류의 대열에 합류하자

우리는 지금 인류 역사상 유례없는 시대를 살고 있다. 이른바 위기와 모순의 시대다. 원자력을 만든 인간은 자기가 만들어 놓고도 그 가공할 위력에 놀라 떨고 있으며, 고도의 생산력으로 역사상 최고의 경제적 풍요를 건설하고도 그 결실이 모두에게 돌아가는 대신 일부에 몰리고 있다. 한쪽은 남아서 버리고 다른 한쪽은 쫄쫄 굶고 있으니 모순도 이런 모순이 없다. 그러나 무조건 암흑과 절망만이 지배하는 그런 세상은 아니다. 눈을 똑바로 뜨고 먼 훗날을 바라본다면 희망과 평화는 여전히 인류의 몫이다. 원자력을 평화에 쓴다면 인류는 더욱 풍요로워질 것이며 불안 대신 안락한 생활을 영위할 수 있게 될 것이다. 전쟁을 미워하고 인간의 존엄성을 믿으며 국제법에 충실하다면 세계평화도 누릴 수 있다. 굶주림과 두려움을 넘어 아기자기하고도 부유한 삶을 이어 나갈 수 있다. 이러한 오늘날의 위기와 모순을 넘어서는 것은 우리의 임무이자 사명이다. 밝고 아름답고 행복한 삶인가, 아니면 파멸과 죽음의 삶인가. 그 선택은 오로지 우리들 인간의 몫이다. 민주주의 사회는 모든 인간의 발전을 보장하며 능력에 따라 자기를 표현할 수 있고 자유의 길을 개척할 수 있는 세상이다. 이같이 새롭고도 아름다운 질서와 행복을 찾기 위해서 노력하는 것이 우리 겨레의 사명이자 우리가 뜻하는 국가 재건의 목표가 되어야 할 것이다.

2. 자유와 책임 그리고 정의를 통한 세계 복지사회 의 당당한 일원으로

이제껏 우리는 권력으로부터 핍박을 받아 왔고 부당하게 자신의 수입을 강탈당하는 경제적인 궁핍 속에 밖으로는 침략을 일삼는 다른 민족의 압박과 설움 속에서 살아왔다. 따라서 이번 혁명 이후 우리들이 지향하는 사회는 자유로운 가운데 국가에 대한 책임을 느끼며 풍요로운 삶을 다른 사람과 더불어 꾸려 나갈 수 있는 사회를 만드는 데 있다. 그래서 정의와 자유는 모든 백성을 규제하는 바탕이 되어야 할 것이다. 인간의 참다운 가치는 스스로 책임을 지는 것과 동시에 모두가 동등한 입장에서 사회발전을 추구하는 것이기 때문이다. 자유와 정의, 그리고 협동은 국가 재건의 기본적인 이념이다. 나는 이번 혁명을 통해서 우리들이 이룩해야 할 결실은 인간이 제 구실을 할 수 있는 사회를 만드는 데 있다고 생각한다.

그러한 사회를 만들기 위해서는 다음과 같은 명제가 반드시 전제되어야 한다.

모든 국민은 단일하고 강력한 집행기관을 가진 국제적인 법질서에 따라야 한다.

모든 나라의 국민은 선진국가든 신생국가든 간에 한결같이 세계 복지사회를 건설하는 데 힘을 보탤 수 있는 기회를 평등하게 가져야 한다. 궁극적으로 민주주의는 곧 모든 나라들의 국가체제와 생활양식이 되어야 한다. 민주주의는 인간의 가치를 존중함과 더불어 각기 자기 책임을 다하는 데 있기 때문이다.

따라서 모든 독재와 모든 전체주의는 인간의 자유와 양심의 자유를 위해 거부되어야 한다. 독재와 전체주의는 인간의 존엄성을 뭉개고 자유를 빼앗고 권리를 박탈하여 사람들을 정신적으로 도살장에 몰아넣기 때문이다.

특별히 강조하고 싶은 것은 공산주의는 자유와 평등, 계급 없는 사회를 부르짖지만, 그 속셈은 사회의 분열을 꾀하고 불집을 일으켜 이 땅에 공산당의 새로운 독재를 확립하려는 데 그 야심이 있다는 것이다. 우리는 그 사실을 다시 한 번 똑똑히 깨달아야 하겠다.

민주주의 국가에 있어서도 국민은 국가의 명령에 따르지 않으면 안 된다. 그러나 민주주의 국가에 있어서 모든 권력 역시 공적인 통제에 따라야 한다. 전체의 이익은 개인이나 단체의 이익보다 앞서야 한다. 사사로운 이익이 나라와 겨레의 이익보다 앞선다면 그 나라는 망할 것이요 그 민족은 멸망하고 말 것이다. 돼지처럼 자기의 이익만을 탐하고 남의 행복은 아랑곳없이 짓밟아 버리는 겨레나 사회가 번영을 누려 잘살았다는 실례를 기억하지 못한다. 영리와 권력에 대한 욕심과 부정부패에 의해 움직이는 경제나 사회가 흥하고 발전한다는 것은 바른 이치가 아니라고 나는 확신한다.

그러기에 우리는 나라를 재건하는 이 기회를 통해 새로운 경제 및 사회질서를 새롭게 만들어 내는 일에 전력을 다하지 않으면 안 된다. 교육을 받는 데 있어서도 특권이 없는 사회를 만들어야 한다. 돈 있는 사람만 학교에 가고 권력 있는 사람만이 대학에 갈 수 있는 특권사회를 만들어서는 안 된다. 돈이 없고 빽이 없고 가문이 빈한하더라도 재능이 있고 실력만 좋다면 누구라도 학교를 다닐 수 있고 상급학교에 진학할 수 있는 사회를 만들어야 한다. 이같이 균등한 교육의 혜택은 모든 국민의 사회적인 의식을 발전시키는 일이며 개개인의 책임감을 높이는 일이 된다. 자유와 정의는 제도에 의해서만 보장되지 않는다. 각자의 창조력을 일깨우고 자극하여 희망을 가지고 목표를 향해서 우리는 모든 능력과 힘을 다해 부단한 노력을 기울여야 하겠다.

3. 번영과 부강만이 갈라진 국토를 하나로 세울 수 있다

오늘날 우리 겨레는 마의 38선으로 허리가 잘려 한반도 절반 북쪽은 붉은 공산당의 쇠사슬에 묶여 있다. 부모형제와 처자식을 같은 땅에 두고도 만나보지 못하는 우리의 비극은 비단 우리들만의 비극이 아니라 세계 역사의 비극이며 세계 평화에 대한 위협이며 자유를 위해 전진하는 세계 역사를 모독하는 일이다. 갈라진 강토와 겨레를 영원히 그대로 둘 수는 없다. 우리는 자유를 전제로 한 통일한국을 되찾기 위해 최선의 노력을 다해야 할 것이며 그것이야말로 우리들의 가장 큰 사명이기도 하다.

그러기 위해 우리는 무엇보다 번영과 부강을 선취해야 한다. 갈라진 국토를 되찾아 하나가 되게 하기 위해서는 2,500만 우리들의 군사, 경제, 정치 등 모든 분야의 실력이 날로 자라야 한다. 이 비극을 이겨 내는 길은 오직 실력에 의한 끊임없는 전진뿐이다. 이를 위해 국가는 개개인이 자기의 생활을 꾸려 나갈 수 있도록 보장해 주지 않으면 안 된다. 국가가 국민의 생활을 보장해야 된다는 것은 법적인 보장만을 뜻하는 것이 아니다. 정치적으로나 경제적으로도 다 같이 보장해야 한다. 우리나라처럼 뒤떨어진 민주주의 국가에서는 무엇보다 경제적 생활의 보장이 가장 앞서야 한다. 따라서 우리가 앞으로 추구해야 할 자유롭고도 서로 돕는 사회는 개인의 사사로운 살림살이를 존중하는 것이 그 터전이 되어야 한다. 또한 언론, 신앙, 학문, 예술의 자유 등 개인의 기본적인 권리의 침해를 그냥 내버려 둘 수 없으며 국가는 반드시 이와 같은 개인의 권리를 지켜 주지 않으면 안 된다. 개개인 역시 이러한 자유를 자기만이 독차지한 것으로 잘못 생각해서 함부로 쓰지 말고 온 겨레와 만인의 인권을 키워 나가는 데 써야 할 것이다.

혁명의 진행 단계에서는 일시적으로 강력한 통치기구가 필수적이다. 그러나 장기적으로 국가 재건 과업의 발전에 따라 입법, 행정, 사법은 각각 나뉘어야 하며 각 부(府)는 국민을 위해 봉사하고 책임을 져야 한다. 이는 비단 정부기관에 한해서가 아니라 도와 군 그리고 시, 읍, 면의 공적인 기관에 있어서도 마찬가지다. 국가는 그것을 키워 나가기 위해 반드시 재정적인 보장을 해야 한다고 나는 믿는다.

공통의 이익이나 목적을 위해 단체를 만드는 일 역시 어디까지나 민주주의의 참된 뜻과 질서를 지키지 않으면 안 된다. 그 집단이 크면 클수록 그에 상응하는 책임도 커진다. 그러나 자칫 잘못하면 때로는 그 힘을 악용할 위험이 큰 것이 사실이다. 그렇기 때문에 국회나 행정부 혹은 사법부는 털끝만치라도 어느 한쪽으로 기울어져서는 안 되는 것이다.

다음으로 생각할 것은 신문, 라디오, 텔레비전 또는 영화같이 대중에게 새로운 사실과 지식을 전달해 주는 기관은 어디까지나 공평하고 올바르게 자기 일을 해 나가야 한다는 것이다. 대중매체는 자유롭지만 공정하게 새로운 소식을 모아 정리하고 알리며 자기 책임 하에서 사회를 밝게 이끌어 가는 데 이바지해야 할 것이다. 그러나 매체의 자유가 지난날과 같이 스스로를 정치적으로 이용하고 사실을 지어내는 것까지 용인한다는 결코 아니다. 어디까지나 대중매체는 공적이고도 올바른 성격을 지녀야 하며 이를 위한 참다운 책임감을 가져야 한다는 뜻이다. 대중매체들은 자유롭고도 민주적으로 운영돼야 하며 결코 어떤 일당 일파에 치우쳐 그 영향 아래서 그 운영이 좌우되거나 사회적 책임을 잊어서는 안 된다.

이는 법을 다스리는 재판소의 경우도 마찬가지이다. 신분이나 돈이 있고 없음에 좌우되는 그런 재판은 절대 있어서는 안 되며 온 국민은 한결같이 법의 보호와 혜택을 받을 수 있어야 한다. 이 일을 위해서는 법을 집행하는 재판관은 물론이거니와 그 법을 맡긴 국민들 자신도 노력을 게을리해서는 안 된다.

이러한 모든 일들이 새로운 민주사회를 이룩하려는 나라의 질서이다.

4. 최대의 자유와 최소의 계획
- 자유로운 경쟁의 자유시장과 최소한의 정부 정책 추구

전 국민의 균등한 이익을 추구하는 사회 경제의 질서를 세우기 위해서는 무엇보다 우리가 가지고 있는 모든 자원을 합리적으로 분배할 수 있는 경제의 계획화 또는 장기개발계획이 필요하다. 그래서 혁명정부는 제1차 5개년계획을 성취하기 위해 온갖 힘을 다하고 있다. 장기적인 개발계획 없이는 생산력을 늘리거나 실업자를 구제하는 고용량의 증대를 가져올 수 없다. 그러나 경제의 계획화나 또는 장기적인 개발계획이 개인의 경제적 창의성과 사회적 자발성을 감소시키는 결과를 가져오지 않도록 주의를 기울여야 할 것이다.

우리 사회가 극복해야 할 가장 어려운 숙제는 말할 것도 없이 수많은 실업자의 구제다. 실업은 단순히 경제적인 자원의 낭비가 아니라 실업자의 도덕적인 타락을 가져오기 때문에 우리는 어떠한 방법을 통하든지 완전고용을 위해 노력해야 한다. 실업자 문제를 방치한 채 국민정신을 일깨우는 국민재건운동은 절대 성과를 거둘 수 없다. 따라서 직장 없는 사람에게 일자리를 주는 것은 단순한 경제적 혜택이 아니라 올바른 도덕적 기풍을 불어넣는 부수적인 수단인 것이다. 이러한 점에서 고용능력을 늘려 실업자를 구제하는 것은 국가 재건을 꾀하는 오늘에 있어 크고도 시급한 문제가 아닐 수 없다. 한편 공·사를 불문하고 기업체에 고용된 근로자의 권익을 보호하기 위해서, 즉 근로자가 단순히 기계의 부속품에 그치지 않게 하기 위해서는 일반 근로자가 경영에 대한 창의적인 발언권을 가질 수 있도록 국가가 세심하게 지원해 주어야 할 것이다.

또 하나 지적하고 싶은 것은, 자본주의나 공산주의를 불문하고 산업을 경영하는 데는 그 규모가 크면 무조건 좋다고 여기는 맹목적인 생각이다. 물론 큰 규모의 경영방법이 유리한 조건을 많이 지니고 있다는 것은 부인할 수는 없다. 그러나 특히 중소기업도 그 독자적인 특징을 나타낼 수 있는 부분이 너무나 많다는 점도 잊어서는 안 된다. 그렇기 때문에 우리는 위축 상태에 있는 중소기업을 방치할 것이 아니라, 국가에서 자금을 융자해 주거나 기술개량의 지도 같은 방법을 통해 적극적으로 이끌어 주고 키워 줌으로써 이들 중소기업의 종업원들도 대기업의 종업원 못지않은 소득을 올릴 수 있도록 적극 보살펴 주어야 한다.

국가는 나라의 경제발전을 위해 어떤 방법을 써서라도 이를 달성할 책임이 있다. 그렇다고 국가가 경제 자체에 대해 만능의 힘을 나타내야 한다는 얘기는 아니다. 그것은 가능하지도 않을 뿐더러 그래서도 안 된다. 강제성을 띤 강제적인 경제는 자유를 파괴하는 결과를 낳는다. 국가의 힘은 어디까지나 경제에 간접적 영향을 주는 수단에만 그쳐야 된다. 따라서 국민의 자유로운 소비 선택이나 자유로운 직업 선택을 막아서는 안 될 것이다. 이와 같은 자유로운 보장이야말로 한 나라의 경제적 발전에 있어서 결정적인 요소이다. 그렇기 때문에 우리가 바라는 사회는 경쟁이 항상 적절하게 허용되는 자유시장이고 그러한 시장이 개인이나 어떤 집단의 전유물이 될 때는 이를 시정하기 위한 적절한 조치가 필요함은 두말 할 필요도 없겠다. '가능한 한 광범한 경쟁과 필요한 최소의 계획', 이것이 사회 경제 질서를 지탱하는 원칙이다.

5. 경제이익의 공익화는 국가의 포기할 수 없는 공적 관리다

오늘날의 경제형태의 커다란 특징의 하나는—물론 현 단계의 우리나라로서는 필요불가결한 요소이긴 하지만—기업의 형태가 커지고 있다는 사실이다. 있음 이러한 커다란 기업형태는 경제의 발전과 살림살이를 향상시키는 데 결정적인 역할을 할 뿐만 아니라 사회의 구조 그 자체까지도 변화시킨다. 어느 나라, 어느 사회든지 간에 커다란 기업체의 지도자는 카르텔이나 트러스트를 통해서 보다 강한 힘을 경제나 정치에 미칠 수 있으며 나라를 운영하고 다스려 나가는 데 영향을 미칠 수 있다. 그 실례로서 지난날 우리 사회에서 경제계의 인사들이 국가행정이나 정책에 압력을 가해 자기네들에게 유리한 법을 만들었고 필요하다면 법을 어겨 가면서까지 축재를 할 수 있는 힘을 가졌던 것이 바로 그 좋은 본보기이다. 사실 이와 같은 일은 자유로운 경제활동을 가로막을 뿐만 아니라 동시에 민주주의 원칙에 어긋나는 처사가 아닐 수 없다. 만약 그들이 경제적 힘을 가지고 나라의 정책을 좌우한다면 이는 민주주의 원칙이나 국민대중의 의사와는 정반대로 나라의 권력을 가로채는 결과를 초래하고 말 것이다. 이러한 경우를 가리켜 경제적인 힘이 정치적인 힘으로 바뀌었다고 단정할 수 있겠다.

그러나 이러한 사태는 사람의 가치나 자유 그리고 정의와 사회적인 안전에 도전하는 것으로 인간사회의 본바탕이라고 할 수 있는 만인의 평등이라는 원칙에 위협이 될 것이다. 따라서 대기업체와 그 경제력에 대한 국가의 적절한 조절과 지도 감독이 자유로운 경제정책의 주요한 과제가 아닐 수 없다. 국가나 사회가 강력한 경제적 이익집단의 사사로운 이익과 욕망의 희생물이 되어서는 안 되기 때문이다.

물론 이러한 이야기를 한다 해서 생산수단의 사사로운 소유를 부인하는 것은 결코 아니다. 개인의 소유에 대한 권리는 국가나 사회의 전체 이익에 어긋나지 않는 한 무조건 인정되고 지켜져야 한다. 다시 말해 생산수단의 사사로운 소유가 공정한 사회질서의 건설을 가로 막지 않는 한 사회적으로 보호를 받아야 할 뿐더러 이러한 권리를 더욱 가질 수 있는 방안이 강구되어야 한다.

이러한 관점에서 우리들은 중소기업을 적극적으로 육성하지 않으면 안 된다. 뿐만 아니라 국가는 중소기업이 경쟁을 통해서 그 가치를 드러낼 수 있도록 최대의 노력을 기울여야 한다. 왜냐하면 중소기업의 육성 없이는 경제의 자유로운 경쟁이 있을 수 없으며 이러한 자유로운 경쟁이 없는 곳에서는 국민 개개인의 자유로운 활동이 보장될 수 없기 때문이다.

경제의 이익을 공익화하는 문제는 오늘날 어떠한 국가에서도 단념할 수 없는 공적 관리의 전통적인 형식이다. 아직도 많은 사람들이 움집과 같은 오막살이에서 헐벗고 굶주리고 있는 반면, 일부 특권층은 안락한 생활을 즐기고 있다. 이와 같은 현상은 우리 국민의 수치일 뿐만 아니라 우리나라의 발전을 가로막는 암적인 장애라는 것을 우리는 뼈저리게 느껴야 한다. 서로 믿고 도와 자유로운 사회를 하루속히 이 땅에 실현하기 위해서는 지금까지 이어져 온 가난이나 질병, 무지몽매를 공동의 과업으로 하루속히 몰아내야 한다. 자유와 번영의 복지국가 건설에 우리의 모든 힘을 집결시켜야 한다는 얘기다.

우리는 지금 군사 경쟁은 물론 경제적인 경쟁 시대에 들어서 있다. '노동자의 낙원'을 입으로만 떠들어 대는 소련이나 중공, 북한과 같은 공산주의에 이기는 길은 우리가 '더 살기 좋은 사회', '굶주리지 않고 배고프지 않은 사회'를 하루속히 건설하는 것이다.

6. 영세 농업의 탈피와 농촌 부흥의 방향

우리가 절실하게 생각하고 있는 국민생활의 향상에 있어서, 특히 국민의 6할 이상을 차지하는 농촌의 생활 문제는 긴급한 사안이다. 비단 국민의 6할이라는 것뿐만 아니라 농촌과 농민은 우리나라 산업 발달을 촉진시키는 광범위한 시장이란 점에서도 농가 소득의 향상은 중요시되어야 한다. 물론 해방 이후 토지개혁에 의해 모든 농민은 농토를 가질 수 있는 권리를 부여받고 또 한편 농토를 가질 수 있어야 했다. 그러나 농지개혁 이후 농촌에는 새로운 형태의 소작제도가 생기고 새로운 모습의 지주가 나타났으며, 게다가 쌀값의 격심한 변동으로 농민들은 때에 따라서는 피땀 흘려 얻은 곡식을 제값도 받지 못하는 경우가 많았다. 우리들은 이와 같은 농촌의 서글픈 현실을 하루속히 개선하고 한국의 농업이 한국의 경제발전에 충분히 기여하고 누구든지 착실한 농부라면 도

시인 못지않은 생활을 누릴 수 있도록 농작법의 개량과 국가적인 지원에 의한 농가 부업을 적극적으로 권하고 장려해야 한다.

농업의 현대화와 능률 향상은 매우 시급하고 중대한 일로, 이러한 여러 문제들을 원만하게 해결함으로써 농민이 잘살고 나아가서는 온 국민의 살림살이가 보다 더 발전할 수 있는 길을 제시하면 대략 다음과 같다.

첫째, 법으로써 농민의 고리채를 정리해 농어촌 경제의 안정과 그 성장을 북돋아 주고 그들의 살림살이의 수준을 높이기 위해서 농업생산력을 증진시켜야 한다. 혁명 이전의 우리나라 농가의 고리채는 약 800억이라고 하는데 이 고리채야말로 농민의 생활을 점점 어렵게 만드는 암적인 요소이자 생산의욕을 저하시키고 나아가서는 공업 생산에 많은 장애를 가져오는 주범이다. 물론 혁명 후 일차적으로 고리채는 정리됐으나 앞으로도 정부는 농민이 위협받을 수 있는 이와 같은 악질적인 부담이 다시는 일어나지 않도록 끊임없는 노력을 기울여야 될 것이다. 만약 이러한 불미스러운 일의 징조가 나타난다면 즉각적인 정책과 방법을 취해야 할 것이며 또 사전에 그러한 일이 나타나지 않도록 충분한 영농자금의 방출이 제때 이루어져야 할 것이다.

다음으로 농가의 소득을 늘리기 위해 농가마다 축산을 하도록 장려하는 한편, 좋은 젖소를 비롯한 가축의 종자들을 외국에서 사들이고 거기서 얻어지는 축산물을 팔 수 있는 해외시장도 개척하여 유축(有畜) 농업을 발전시켜야 한다. 지금까지의 농가 소득을 살펴보면 농민들의 소득은 그 90퍼센트 이상을 순전히 농사에서 얻고 있으며 또 농업의 대부분이 쌀농사를 중심으로 하는 경종(耕種) 농업에 의존해 왔다. 그러나 앞으로는 이와 같은 농사법 대신 땅의 위치와 조건에 알맞은 축산, 양잠 기타 특수한 농산물의 재배와 같은 이익이 많고 복합적인 농사법으로 바꿔 나가지 않으면 안 된다. 물론 이에 따르는 시장 개척의 문제와 아울러 유통 과정에 있어서의 농산물의 가격을 적당한 수준으로 유지할 수 있도록 농산물가격유지법을 만들어 농민들의 손해를 막아야 한다.

다음으로 생각할 문제는 농업협동조합이다. 이를 지난날과 같이 집권층의 정치도구로 유야무야한 허수아비 상태에 버려둘 것이 아니라 이름 그대로 농촌의 손이 되고 발이 되어 농촌의 금융과 판매 사업을 대행함으로써 농민들의 이익을 감싸고 보호하는 기관으로 만들어야 한다.

뿐만 아니라 이러한 농촌 부흥을 위해 농촌계몽사업을 다시 검토해야 할 것이다. 농민들의 시간 낭비만을 가져왔을 뿐 실질적인 성과를 거두지 못했던 지난날의 무계획한 온갖 농촌계몽사업을 하나로 모아 짜임새 있고도 실질적인 사업으로 다시 꾸며 진정으로 농촌 생활을 개선하고 국가적인 농업정책을 실질적인 면에서 돕고 뒷받침하는 역할을 하도록 해야 하겠다. 수백 년에 걸쳐 오늘에 이른 농촌 문제와 인습을 고쳐 나가는 일이란 그리 쉬운 일이 아니다. 그렇기 때문에 우리는 보다 꾸준한 노력으로 이 문제를 풀어 나가야 할 것이다.

따라서 국가의 종합적인 경제부흥정책의 하나로서 우리나라 농업정책은 경제개발 5개년계획을 밀고 나가는 데 중요한 역할을 해야 한다. 혁명 이후 우리의 모든 노력을 한데 모아 농업 생산을 늘리고 농촌 부흥을 이루려는 것은 그만큼 그 성공 여부가 전체 계획의 성공과 실패를 판가름할 만한 중대한 비중을 차지하고 있기 때문이다. 농촌의 유휴인력의 이용이나 산림녹화와 치수사업으로 자재와 전력을 개발하는 등의 사업은 결과적으로 농업생산을 늘리고 농가의 소득을 높이며 나아가서는 온 국민의 살림살이를 자라게 해 스스로 살아 나갈 수 있는 자립경제의 확립을 이룩하려는데 그 목적이 있다.

7. 우리가 기필코 가야 할 길, '요람에서 무덤까지'

영국과 같은 복지국가에서는 '나면서부터 무덤까지' 사회보장이되어 있다. 모든 국민은 나이가 들거나 병들고 허약해졌을 때 국가로부터 최저의 생활보장과 보호를 받을 수 있도록 되어 있는 것이다.

물론 우리나라와 같이 뒤떨어진 나라에서는 아직 경제적인 힘이 자라지 못했기 때문에 지금 당장에는 그 실천이 어려운 것이 사실이다. 그러나 머지않아 우리나라도 국가 전반에 걸쳐 살림살이가 나아지면 남의 나라 못지않게 현대 복지국가의 기능을 충분히 수행하기 위해 국민의 공적인 연금제도라든가 공적인 보험금의 청구권을 새로 마련해서 그 법이 사회적으로 효력을 거둘 수 있도록 해야 할 것이다. '나면서부터 무덤까지' 국민의 최소한의 살림살이를 사회적으로 보살펴 줘야 하는 오늘날 민주적인 협동 사회의 하나의 의무이며 예절이다. 그래서 우리는 가능한 한 빠른 시일 내에 실업이나 질병, 재해 등에 대비한 여러 가지 사회보험제도를 마련하고 노인들을 위한 양로연금제도와 최저임금제도를 실시할 수 있도록 노력해야 된다. 이와 같은 모든 사회보장제도가 마련됨으로써 우리는 이 땅 위에 사는 모든 사람에게 인간다운 생활을 누리게 할 수 있을 것이며 더 나아가 국제공산주의의 무서운 전염병을 완전히 물리칠 수 있고 그들과의 정치적인 대결에서도 온 국민이 자기의 가진 힘을 유감없이 발휘할 수 있게 될 것이다.

국민의 건강을 보살피는 것 역시 국가의 중요한 의무 가운데 하나이다. 지금까지 우리는 너무나 국민들의 보건에 무관심했고 국민의 건강을 돌보지 못했다. 그러나 앞으로는 건전하고 명랑하고 힘찬 사회를 건설하기 위한 조건으로 국민의 건강 유지에 특별히 관심을 기울여야 할 것이다. 그러한 조치로서 우선 도시, 농촌, 어촌을 불문하고 일터와 살림집의 공중위생시설부터 깨끗하게 해 나가야 하겠다. 모든 일터의 위생안전시설을 전국적으로 개선함과 동시에, 불결하고 비위생적인 판잣집을 공공주택으로 바꾸고 상·하수도를 완비하는 등 거주지역의 개선에 관한 지방자치단체의 자발적인 사업을 적극적으로 도와주고 밀어 주어야 할 것이다.

건전하고 서로 돕는 복된 사회를 이루기 위해서는 무엇보다 먼저 바르고 튼튼한 가정생활이 이루어져야 한다는 점을 잊어서는 안 된다. 즉, 각 개인의 행복한 가정생활이 없이는 민주사회가 꽃을 피울 수 없으며, 서로 돕는 행동적인 민주주의에 바탕을 둔 복된 나라를 이룩할 수는 없다. 따라서 국가기관의 기능을 통해서라도 이를 보장해야 할 것이다. 그러나 국가의 힘으로 행복한 가정생활을 보장한다는 것이, 국가의 힘이 신성한 개개인의 가정생활까지 간섭해야 된다는 뜻은 결코 아니다. 다만 국가는 어떤 외적인 침해로부터 가정을 보호해 줄 의무가 있다는 뜻일 뿐이다.

우리나라의 민주적인 기틀을 대중적으로 확장하는 데 절대 뺄 수 없는 결정적인 요소가 노동조합과 그 밖의 근로자의 단체를 건전하게 발전시키는 일이다. 물론 해방 이후 십수 년 동안 우리에게도 노동조합이나 근로자단체는 존재했다. 그러나 그러한 노동조합이나 근로자단체는 노동자나 근로자의 진정한 이익을 위한 것이 아니었고, 때마다 집권층의 정치적인 도구로 이용됐거나 오히려 노동자나 근로자를 착취하는 노동기구로 반대 역할을 해 온 것이 그간의 형편이다. 그러나 앞으로는 결단코 지난날과 같은 잘못된 길을 반복하지 않도록 서로 노력해야 한다.

왜 이 문제를 유달리 강조하는가 하면 노동자, 근로자들의 모임과 그 건전한 발전은 민주주의 사회의 기둥이기 때문이다. 국가에서는 이와 같은 단체를 지나치게 간섭할 것이 아니라 그 단체의 자주적 운영과 활동에 장애가 되는 요소를 제거하여 그 발달과 성장을 힘껏 돕지 않으면 안 된다. 더욱이 우리나라는 이러한 노동자나 근로자의 모임이나 그 운동이 제 모습을 가지고 자라날 수 있도록 국가가 적극 도와야 할 것이다. 특히 우리는 중소기업 노동자의 권리와 이익을 보호할 수 있는 모임 같은 것을 적극 돕지 않으면 안 된다.

4·19혁명에서 보았듯 우리는 우리 젊은이들이 가진 큰 뜻과 맑고 깨끗한 윤리성을 높이 평가하지 않을 수 없다. 노년, 장년이 오늘이라는 현실 속에서 산다면 청년들은 미래의 꿈 속에서 산다. 그러나 그동안 사회는 이러한 젊은이들의 기대를 거듭 배신해 왔다. 그렇기에 우리들은 아무리 우리나라가 경제적으로 어렵고 사회가 혼란스럽다 하더라도 젊은 세대가 앞날의 희망과 기약을 가질 수 있는 모든 시책을 마련하지 않으면 안 된다. 지난날의 정치인들은 우리의 젊은 세대에게 미래의 꿈을 줄 수 있는 시책을 쓰지 않았기 때문에 일부 성급한 젊은이들은 가혹한 법의 심판을 받기도 했다. 이러한 폐해를 극복해서 젊은이들 스스로의 힘으로 꿈과 미래의 희망을 가질 수 있고 모든 사회개혁에 참여할 수 있도

록 지도해야 한다. 젊은이는 젊은이대로 자기의 생활을 스스로 습득하고 장래에 있어서 사회에 대한 책임을 분명히 깨달을 수 있는 능력을 길러야 한다. 젊은이들이 정열을 바칠 수 있는 직업적 능력을 기르기 위해서 일반적으로 교육부조나 훈련부조가 필요하다. 젊은이들의 인격 발전을 위한 교육과 원조의 필요를 충족시키기 위해 가장 진보적인 청년법을 제정해서 그들의 복지가 그 어떠한 것보다도 우선하게 만들지 않으면 안 된다. 그들은 궁극적으로 이 나라를 이어 갈 기둥들이다.

청년에 대한 국가의 특별한 관심과 함께, 수천 년의 전통적인 인습 때문에 무시되었던 여성의 권리에 대해서도 특별한 고려를 하지 않으면 안 된다. 민주주의가 발전하고 그것이 올바르게 국민의 일상생활의 터전 위에서 자라나게 하려면 남녀평등권이라는 여권(女權) 신장 없이는 불가능하다. 물론 평등권이라고 해서 그것이 여성의 심리적, 생리적 특성에 대한 배려를 무시하는 것이 되어서는 안 될 것이다. 또한 주부의 가사는 엄연한 직업노동으로서 인정받아야 한다. 그렇기 때문에 자녀를 양육하는 부녀자가 경제적 이유로 부녀자가 직업을 갖지 않도록 우리는 모든 노력을 집중해야 할 것이며, 또한 그러한 사회가 하루빨리 이루어지기를 빌어 마지않는다.

8. 문화와 교육을 새롭게 다듬어 공산주의를 이겨 내자

개인의 창조적 능력은 풍부하고 다양한 문화생활 가운데서만 길러질 수 있다. 앞으로 우리가 지향하는 협동적 민주사회는 개인의 독창적인 창의력이 충분히 발휘될 수 있도록 풍요롭고 다양한 문화생활을 제공할 수 있도록 노력해야 한다. 그러나 지난날 우리 역사를 되돌아보면, 일제강점기에는 일본의 식민지배 체제 때문에, 해방 후로는 갑자기 수입된 형식적인 민주주의가 낳은 정치적 부패 때문에 사실상 국민들은 문화에서 완벽하게 소외되어 왔다. 문화는 일부 직업적인 인사들만이 누릴 수 있었으며 농어민이나 근로자는 이러한 문화를 구경조차 할 기회가 없었다. 그런가 하면 일부 국민들은 사치와 방종과 유행을 문화로 착각, 외국산 '상표'가 붙기만 하면 덮어놓고 좋은 것으로 알고, 서양풍을 풍기기만 하면 문화인인 줄 알고, 울긋불긋한 네온사인이 번쩍이면 국민의 긍지가 올라가는 것으로 아는 등, 사이비 문화관념이 우리 국민들의 마음을 사로잡고 있었다.

이제 우리는 일부가 아닌 국민대중을 문화에 접근시키는 동시에 문화를 생활화하여 우리의 고유한 민족문화를 새로 만들어 나가야 한다. 우리 문화를 다른 나라와 교류시켜야 될 경우라 하더라도 그 문화의 국제적 교류는 어디까지나 우리 문화의 주체성과 가치성을 찾았을 때 비로소 가능한 것이다. 때문에 우선 우리는 무엇보다도 먼저 우리 겨레 고유의 문화를 발굴해서 보호하고 나아가 이를 다른 나라에 소개하는 한편, 해외문화의 자주적인 섭취를 기해 서로 이해를 돕기 위한 국제 문화교류를 촉진해야 한다. 이러한 점에서 보더라도 문화 재건이 우리에게 얼마나 시급한 문제인가 하는 것을 가슴 깊이 느끼지 않을 수 없다.

다음으로 교육에 대해서 잠깐 생각해 보자. 인간의 재질과 능력을 발전시키는 것은 오직 교육과 교화를 통해서만 가능하다. 그러나 오늘날의 교육과 교화는 공산주의적인 인간 획일화에 대한 저항력을 강화하는 것이어야 한다. 젊은이들은 하급 및 상급학교에서 자유와 독립 그리고 사회적 책임의식을 존중하는 정신을 길러야 한다. 그리고 민주주의와 국제간의 상호이해의 과업에 참여할 수 있는 집단적인 교육도 필요하다. 이러한 집단적인 교육은 여러 가지 세계관과 가치체계를 가진 우리들의 세계에 있어서 이해, 관용, 박애, 책임에 대한 자각과 태도를 갖추게 하는 데 도움을 주기 위함이다.

다음으로 예능교육이나 생활교육에 대한 실습은 교양 가운데서 가장 중요한 위치를 차지하는 것이기 때문에 이에 대한 국가와 사회의 최대한의 보살핌이 있어야 하겠다. 그리고 너무 문약에만 흘렀던 폐단을 지양하기 위해 체육교육에 특별한 관심을 기울여야 하겠다.

보통교육은 과거처럼 형식상의 연장보다 실질적인 충실에 최선을 기울여야 할 것이고, 직업적 노동을 하면서 직업학교 내지 특별교육시설에 갈 수 있는 별도의 교육과정을 만들어야 한다.

뿐만 아니라 모든 교사는 학술적인 전문학교에서 양성돼야 하며 훌륭한 교육을 행하기 위해서는 그때그때 모든 문제를 독자적으로 취급할 수 있는 교사의 인격이 필요하다고 생각한다. 왜 내가 교육에 대해서 이렇게 생각하게 됐느냐 하면, 나 자신이 사범학교를 나왔고 한때 교사로서 고민이 많았기 때문이다. 교육의 목표는 문교부나 교육국이나 학교장을 위해서 있는 것이 아니라 어디까지나 학생 개개인을 위해서 있는 것이고 선생 개개인을 위해서 존재하는 것이다. 교육의 당면 목표는 일선 교육의 개선 향상을 도모하는 것이어야만 한다.

한편 우리는 우선 학제를 개편해서 그 운영을 정상화해야 할 것이고, 교육세제를 개혁하고 무상의무제를 실시해야 할 것이며, 교육행정기구를 일원화하여 교육의 독립과 일선 교육 위주의 행정 태세를 튼튼하게 이룩해야 한다. 그리고 교육의 효과는 자기가 자란 향토의 개발과 향상에 이바지할 수 있도록 해야 할 것이다. 지금까지의 종이와 연필에만 의지하던 교육방법을 지양하고 실기 위주의 교육을 실천해야 하겠다. 또한 입으로만 부르짖던 민주교육을 지양하고, 형식에만 흘렀던 사회교육을 실질적으로 강화해서 민주국가 건설을 위한 기본 자질을 길러야 한다.

마지막으로 우리는 학문과 예술의 자유로운 연구 없이 역사상 오랫동안 이름을 떨친 나라가 없다는 사실을 기억해야 한다. 그리고 그 학문과 예술에 대한 연구 성과는 일반 대중이 쉽게 접근할 수 있는 형식으로 만들어져 일반대중의 생활경험의 내용을 풍부히 하는, 즉 국가사회에 이바지하는 민주사회의 학문과 예술이 되어야 한다. 국가는 적극적으로 이에 뒷받침을 해야 할 것이다. 다시 말하면 예술의 창조는 자유로워야 하고 국가나 지방자치단체는 창조적 표현의 발휘에 도움이 되는 방책을 마련할 의무가 있으며, 예술의 발전이 어떤 검열에 의해서 제약되어서는 안 된다고 믿는다.

자유롭고 자유의 책임을 다할 수 있는 사회야말로 저 악독한 공산주의자를 이겨 낼 수 있는 오직 하나의 길이며 터전이라고 믿어 의심치 않는다. 학자, 교육자, 과학자, 예술인 들은 우리 사회에서 존경받을 수 있어야 하고 또한 기꺼이 조국 재건의 선봉이 되어 앞장서야 한다는 것이며, 그러기 위해 각자의 헌신적인 노력을 바라 마지않는 바이다.

박정희 전집 06

평설 우리 민족의 나갈 길

1판 1쇄 발행일 2017년 6월 22일

지은이 박정희
풀어쓴이 남정욱
엮은이 박정희 탄생 100돌 기념사업 추진위원회
펴낸이 안병훈
펴낸곳 도서출판 기파랑
디자인 커뮤니케이션 울력
등록 2004년 12월 27일 제300-2004-204호
주소 서울특별시 종로구 대학로8길 56(동숭동 1-49) 동숭빌딩 301호
전화 02-763-8996(편집부) 02-3288-0077(영업마케팅부)
팩스 02-763-8936
이메일 info@guiparang.com

ISBN 978-89-6523-687-0 03810

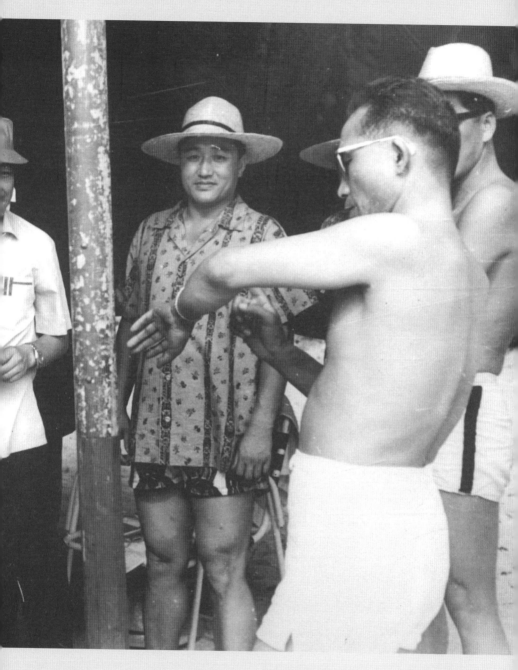

휴양지로 추정되는 곳에서 모처럼 맞은 망중한. 상의를 벗고 왼팔을 들어올려 뭔가를 설명하는 박정희 의장을 김종필 중앙정보부장이 바라보며 환하게 웃고 있다.